SINCE 2019

SINCE 2019

고성애 박미숙 박행빈
손홍자 신미식 이영주 정경숙

푸른솔

SINCE 2019

2019년 9월 25일 초판 인쇄

2019년 10월 4일 초판 발행

엮은이	신미식
저자	고성애 · 박미숙 · 박행빈 · 손흥자 · 신미식 · 이영주 · 정경숙
발행자	박흥주
발행처	도서출판 푸른솔
편집부	715-2493
영업부	704-2571
팩스	3273-4649
주소	서울특별시 마포구 삼개로 20 근신빌딩 별관 302호
등록번호	제 1-825
	ⓒ 고성애 · 박미숙 · 박행빈 · 손흥자 · 신미식 · 이영주 · 정경숙
값	18,000원
ISBN	978-89-93596-92-2 (03810)

우리에게는 분명 꿈이 있었다

누구에게나 꿈이 있었다. 다만 누군가는 그 꿈을 찾아 길을 떠나고 누군가는 그 꿈을 가슴에만 품고 평생을 살아간다. 우리에게 꿈을 꾸게 하는 것은 열정이다. 그 열정을 가슴에서 꺼내어 세상을 향해 나아가는 사람들에게서 나는 깊이 감동한다. 누군가에게는 10년 전의 꿈이고 누군가에게는 아주 오래 전의 꿈이며 누군가에게는 아예 기억조차 가물가물할 정도로 희미해져 버린 꿈이다. 나는 그런 꿈을 존중한다. 어쩌면 너무 희미해져 꿈의 형상조차 찾을 수 없을지라도 우리에게는 모두 꿈을 꾸었던 때가 있다. 이번 포토에세이가 이 책에 함께 한 사람들이 가슴속에 간직한 꿈이었을 것이라고 믿고 싶다.

서른 살, 처음 카메라를 내 돈으로 장만했을 때의 그 감격을 지금도 잊을 수 없다. 그 작고 차가운 쇳덩이를 안고 감격에 겨워 잠들었던 첫날밤의 작은 호흡조차 기억한다. 어쩌면 나는 그때부터 사진가를 꿈꿔왔는지도 모른다. 사진에 대해 알지도 못하면서 막연하게 찍기 시작한 사진은 내가 지금까지 세상을 살아가는 이유였다. 우리는 모두 작가의 삶을 살고 있는지도 모른다. 세상을 살아내는 그 모든 과정 속에서 하고 싶은 말들, 남기고 싶은 이야기들이 얼마나 많을까? 그 많은 이야기를 웅어리지도록 숨기지 않고 세상에 드러내 놓는 일, 그것이 작가로서의 첫걸음이라고 생각한다.

우리는 스스로를 잘 모르며 살 때가 많다. 오래 전 나는 내 자신이 평범한 사람이라고 생각하며 살았다. 그런데 결코 그렇지 않다는 것을 스스로 알게 되었을 때 난 너무나 절망스러웠다. 그때까지만 해도 나는 세상에서 가장 행복한 사람은 평범한 일상을 사는 사람들이라고 믿었

기 때문이다. 운명처럼 작가의 길을 선택했다. 지금까지 평범하지 않은 길을 걸어왔다. 그리고 내 사진을 보고 행복해하는 사람들로 인해 내가 다시 세상에 태어남을 느꼈다. 이제는 그런 사람들이 내가 사진을 찍는 이유가 되기도, 용기가 되기도 한다.

이번 책을 함께 준비하면서 첫 모임 때 한 분 한 분의 표정을 찬찬히 봤다. 누군가는 불신으로, 누군가는 설렘으로, 누군가는 떨림으로 가득한 시선을 담고 있었다. 막연히 시작한 이 모임은 나를 돌아보는 시간이 되었다. 나는 그동안 떨림과 설렘에 대한 기억을 놓치고 살았던 것 같다. 한 권의 책을 만들기 위해 우리에게 필요했던 것은 단 한 가지, 시작이었다. 그 출발선상에서 출발하여 첫 번째 결승점을 향해 달려온 여러분들의 용기와 열심, 그리고 믿음에 깊이 감사드린다. 나는 참 행복한 사진가다. 이렇게 좋은 사람들과 함께 할 수 있으니 말이다. 내가 먼저 걸어온 사진가로서의 길과 재능을 이들과 함께 하며 나눌 수 있다는 것에 깊이 감사한다.

- 신미식

contents

고성애

http://drkosa.co.kr
facebook.com/doctorkosa
instagram.com/drsungae_ko
kosa54@naver.com

ⓒ 박순백

prologue

사진 액자 뒷면이나 새로 나온 수필집에 사인할 때, 나는 시간이 걸리더라도 정자로 이름을 쓴다. 글씨가 변하거나 퇴색되더라도 마음을 기억할 수 있도록 이정표를 세우는 행위이다. 글씨를 쓰는 행위는 다소 불편하고 서걱거린다. 그러나 주는 것에 익숙한 나는 내가 편한 방법보다 상대가 편한 방법에 맞춰주는 편이다. 그래도 삶은 살아진다.

"왜 힘들고 불편하고 전깃불도 없고 수돗물도 나오지 않아 고생스러운 아프리카에 자꾸가는 거지요?" 쏟아지는 질문을 받으면 여러 가지 상념이 인다.
언제나 길 위에서 만나는 사람들의 순수함이 좋고, 그 순수함이 내게 전이되어 행복해진다는 말로 대답을 대신한다. 아이들의 까맣고 빛나는 눈동자가 가슴에 콕 박혀 나를일깨울 때마다 새로 태어나는 느낌이 든다. 재능 나눔으로 지구의 한 귀퉁이가 밝아진다면 부끄럽지 않게 나이를 먹을 수 있지 않을까. 이것이 내가 아프리카 섬나라 마다가스카르로 향하는 이유인지 모르겠다.

아프리카 사람들은 눈빛 하나로 자신의 희망과 슬픔을 말한다. 그들의 눈망울은 언제나내 가슴을 먹먹하게 한다. 나는 그들에게서 사람에 대한 존경과 배려, 관용과 지혜를 배웠다. 이제 아프리카는 내게 특별함을 넘어 사랑 그 자체가 되었다.

내가 카메라를 통해 들여다보는 세상은 재능을 나누는 일이고 사랑을 실천하는 공간이다. 인간은 스스로 변화하고 조금씩 성장하는 것에 기쁨을 느낀다. 인생의 마지막 여정까지 새로운 도전을 지속하고 싶다. 끊임없는 열정을 안고서 살아가고 싶다.

인생에 결승선은 없으므로, There is no finish line,

마다가스카르로 떠나는
여행의 맛

아프리카 동남쪽 섬나라 마다가스카르에서 호기심 여행을 시작했다. 이 나라는 남한보다 여섯 배 크다. 가도 가도 끝이 없는, 포장길이라고 할 수 없는, 푹푹 파인 길은 흔들리는 마음을 가다듬게 했다. 하루에 열네 시간 혹은 열여섯 시간씩 이동할 때 이용하는 교통수단은 내 시간을 50년쯤 전으로 돌려놓았다.

마음이 따뜻해지는 붉은 흙, 파란 물감을 풀어놓은 듯한 청명한 하늘, 그리고 푸르른 잎새들이 팔랑대는 나무는 내적인 사유를 끌어내기에 충분했다. 뭉게구름이 하늘을 도화지 삼아 그리는 그림을 감상하다가 생각의 늪에 빠지기도 했다. 여행은 생각의 산파다. 지금도 눈을 감으면 마다가스카르의 이미지가 문득 떠오른다.

이 사진은 도시의 풍경과 많이 닮아 있다. 볏짚을 두른 담장 위에 옹기종기 빨래가 널려 있는 모습이 낯설지 않다. 마다가스카르에서 이 정도의 길은 잘 정비되어 있는 도로에 속한다. 자전거를 끌고 언덕배기를 오르는 아저씨의 모습이 힘거워 보였다. 머리에 짐을 가득 이고 아들과 함께 소를 몰고 가는 가장의 모습에서 고단한 삶이 느껴졌다. 가족을 위해 최선을 다하는 가장의 마음이 전해져 왔다.

달리는 차 안에서 바라본 풍경은 유년의 추억을 떠올리게 했다. 문명화되지 않은 소박한 마을을 에워싼 길은 익숙함과 정겨움으로 다가왔다.

- 마다가스카르 수도 안타나나리보로 향하며

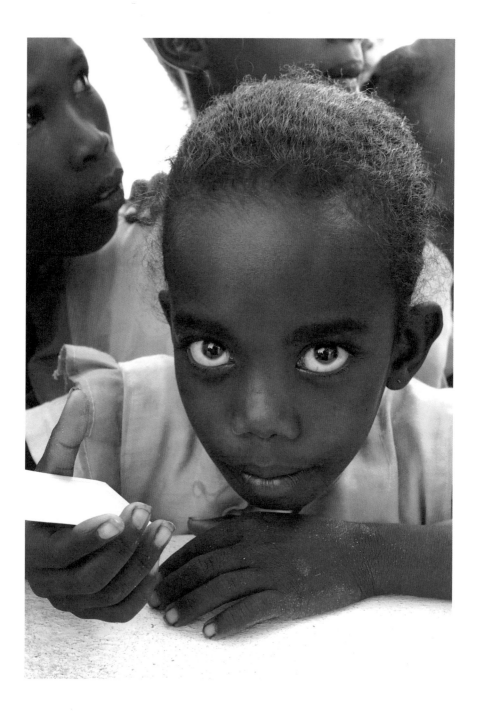

아이의 눈 속에
내가 살아 있다

아프리카 섬나라 마다가스카르의 타마타부 베다니 학교와 모론다바 바오밥 거리에 있는 트리니티 초등학교에 들렀다. 아이들의 관심은 온통 사진을 찍자마자 현상, 인화해 내는 나의 라이카 인스턴트 카메라에 쏠려 있었다.

카메라 앞에는 연예인이 팬 사인회를 할 때처럼 많은 사람들이 모여들었다. 대개는 인생 사진 한 장을 얻기 위해 먼 길을 걸어온 사람들이다. 아이에게만큼은 소중한 사진 한 장을 꼭 남겨주고 싶은 엄마, 아빠의 간절한 소망이 거기에 있었다.

아이들의 새까맣고 천사 같은 눈망울이 내 마음속에 박혀 밤마다 아이들의 꿈을 꾸곤 했다. 아이들의 수줍은 얼굴에서 숨김없는 솔직함을 읽을 수 있었다.

인스턴트 카메라의 감광지가 말라 자신의 얼굴이 보일 때까지 손에 들고 기다리고 있는 새까만 눈의 아이. 그 아이의 눈동자 속에 내가 살아 있다.

- 마다가스카르 모론다바

학교에
다녀왔어요

여행 7일째, 마다가스카르의 모론다바에 다시 오다니 감개무량하다. 모론다바 바오밥 거리로 가는 도중에 트리니티 초등학교에 들렀다. 맞은편 들판에서 소들이 풀을 뜯고 아낙네들이 수확한 벼쭉정이를 날리는 모습이 평화로워 보였다.

아이들은 알곡을 고르고 있는 어머니 곁에서 놀이에 여념이 없었다. 새들을 쫓아다니며 들판을 내달리기도 하고, 바오밥 나무에 앉아 있는 새들을 날려 보내기도 했다. 논둑에 앉아서 아이들과 이야기를 하며 천진스러운 마음속으로 풍덩 빠져 한참을 놀았다. 순수한 표정의 아이들은 오색 무지개 꿈을 꾸는 어린 왕자들 같았다. 마다가스카르 여행 중 가장 기억에 남는 사진첩 같은 시간이었다.

이 사진은 소년이 논둑에서 일하는 엄마에게 달려가며 "학교에 다녀왔어요"라고 인사하는 것만 같다. 숙소로 돌아와 아이들과 함께 했던 감동의 시간이 궁금해 사진을 정리했다. 새벽이라 인터넷을 사용하는 사람이 없어서인지 쉽게 접속되었다. 사진을 선별해서 글을 쓰는 마음이 설레었다. 잠도 오지 않고, 추운 로비에 혼자 앉아 글을 올리는데 누군가 내 등을 토닥여주는 느낌이었다.

마다가스카르는 전기와 물이 동시에 끊기기도 한다. 그날은 새벽 3시부터 전기가 나갔지만 물은 끊기지 않아 다행이었다. 문명은 사람의 습관을 쉽게 바꿔 놓는다. 적응이 빠른 우리 일행은 물만 나와도 감사하다는 말을 연발했다. 마다가스카르의 대지에 어느덧 가을빛이 내려앉고 있었다. 알곡들이 누렇게 익어가기 전 아이들과 이별하는 것이 못내 아쉬웠다.

- 마다가스카르 모론다바

아, 이 눈망울

사진을 선택하면서 자꾸 인도 쪽으로 손길이 갔다. 인도라는 나라는 내 마음속에 강렬한 이미지로 남아 있다. 처음 뉴델리에 도착했을 때에는 단 하루를 버티지 못할 것 같았다. 숨이 턱턱 막히는 지독한 매연에, 가는 곳곳마다 사방에서 토해 내는 날카로운 크락션 소리에 편두통이 도질 지경이었다.

정신없는 교통 체계와 있으나 마나 한 신호등은 무질서의 극치였다. 아무렇지도 않게 차도를 건너다니는 사람들과 수많은 *릭샤들로 인해 도시는 제 기능을 잃어버린 것 같았다.

눈에 익숙해지면 낯선 환경도 지루하지 않다. 하루, 이틀이 지나자 길에서 만나는 친절한 사람들이 마음을 편하게 했다. 언제 그런 불편한 마음이었는지 기억조차 사라졌다. 등굣길에 만난 사진 속 소녀의 보석 같은 눈망울과 밝은 표정은 지금도 잊을 수가 없다. 나는 이 한 장의 사진을 보며 늘 인도를 그리워한다. 소녀의 맑은 모습만큼 그녀의 삶도 빛나기를 소망한다.

인도인들은 눈빛 하나만으로 자신의 삶을 말한다. 그들의 눈망울은 언제나 가슴을 먹먹하게 한다. 때론 그들의 관용과 따스한 마음에 발길이 떨어지지 않을 때가 있다. 인도만이 가지고 있는 특유의 냄새, 색깔, 느낌, 사랑, 관용, 지혜 그 모두가 그립다. 난 다시 그곳으로 가야만 한다는 강박에 시달리고 있다.

* 릭샤 : 사람이 수레를 끄는 인력거. 인도 서민 교통수단의 상징이다.

- 인도 조드푸르

어촌마을의
여명

마다가스카르의 바다는 광활하다. 세 번이나 다녀왔는데도 다시 가고 싶다. 모
잠비크해협의 모론다바 바닷가에는 동이 트기 전부터 아침을 여는 고기잡이배
가 있다.

아버지와 아들이 부지런한 손길로 그물을 살피고 돛 달 준비를 한다. 어머니는
큰 모포를 온몸에 휘감고 바다의 신에게 남편과 아들이 무사히 귀환하기를 기도
한다. 부자가 노를 저어 바다 한가운데로 나아가는가 싶더니 다시 돌아왔다. 아
들이 빠르게 모래사장으로 달려왔다. 그 행동을 유심히 살펴보니 고기를 잡아
담을 양동이를 잊고 떠난 것이 아닌가. 바닷가에 울려 퍼지는 가족의 웃음소리
가 파도를 타고 멀리 번져갔다. 바다를 일터 삼아 사는 어부들의 아침 풍경이 내
지난한 삶에 파고들었다.

어렵고 궁핍한 상황 속에서도 욕심내지 않고 자연에 순응하며 사는 사람들에게
서 또 하나의 삶의 지혜를 배운다.

- 마다가스카르 모잠비크 해안

아름다워서
슬픈 하루

꽃들의 속삭임이 진하게 밀려오는 봄날이다. 카메라를 메고 봄과 사랑에 깊이
빠졌다. 뷰파인더로 들여다본 꽃망울은 아가의 오므려 쥔 손처럼 앙증맞다. 나
무들이 새순을 움 틔우면 세상은 온통 연둣빛으로 물든다. 봄은 젊음으로 가득
해서 좋다. 앞으로 이 아름다운 꽃을 몇 번이나 더 볼 수 있을까.

계절 앞에서 나이를 의식하게 된 것은 작년부터다. '남편과 이 아름다운 자연
풍경을 얼마나 더 함께 바라볼 수 있을까' 라는 생각에 머무르자 세월의 속도가

두려웠다. 1분, 1초도 허술하게 보낼 수가 없었다. 일상의 발걸음을 멈추고 남편과 보낸 둘만의 시간으로 거슬러 올라가 보았다. 나의 언어와 그의 언어가 맞닿아 위로가 되었다. 그러나 슬픔의 흔적도 고스란히 새겨져 있었다. 그 눈물 자국은 잘 견뎌온 삶의 빛나는 발자취였다. 가슴 밑바닥에 눌러놓았던 감정들이 미묘하게 섞인다. 하나는 남겨지고 하나는 떠나게 되는 시간이 언젠가 온다면 미리 생각의 예방주사를 맞는 것도 좋을 듯했다.

삶이 언제 마감될지 아무도 모른다. 그래서 나는 남편이 무엇을 하자고 하면 거절을 못한다. 늘 죽음을 염두에 두기 때문에 매 순간 '이번이 마지막일지도 모른다' 고 생각한다. 톨스토이는 〈인생의 길〉에서 이렇게 말했다. "죽음을 기억하면 현재가 더욱 소중해진다. 순간순간 삶이 소중한 선물이다. 인간은 그 기쁨으로 인해 유한한 삶에 최선을 다하게 된다" 고 했다.

남편은 정보기술 분야 전문가로 컴퓨터에 관한 모든 것을 잘 안다. 언젠가 남편이 이것저것 컴퓨터를 손봐 주다가 뜬금없이 "나 죽으면 이런 건 어떻게 할래?" 라고 물었다. 웃자고 던진 갑작스러운 질문에 눈시울이 뜨거워지더니 눈물 한 방울이 뚝 떨어졌다.

내게 한 가지 소원이 있다면 남편보다 사흘이라도, 아니 단 하루만이라도 더 살고 싶은 거다. 남편이 나이 들어 지팡이에 의지해 후들거리면서 아내의 무덤에 오가게 하고 싶지는 않다. 남편보다 강한 내가 살아남아, 인생 소풍을 마치는 날 따뜻한 배웅을 하고 싶다. 최근 지인으로부터 선물 받은 가벼운 명아주 지팡이, 그건 80세 넘어 내가 사용할 소중한 물건이다.

- 경주 보문정

인도 사막의
집시 가족

타르사막으로 가는 도중에 집시 마을에 들렀다. 해맑은 아이들의 웃음소리가 하늘에 닿을 듯 높게 울린다. 생활은 열악하지만 아이들의 환한 모습이 내 마음의 빗장을 푼다.

보금자리는 사막 한가운데에 나무로 기둥을 세우고 짚이나 비닐, 천 조각으로 벽과 지붕을 감싸 만든 집이었다. 암사동에 있는 신석기시대 움집만도 못한 환경이었다. 이렇게나 좁은 공간에서 어떻게 이 많은 아이를 데리고 한 가족이 살아가는 것인지 상상할 수 없었다.

인도의 여인들은 아름답게 꾸미기를 즐겨한다. 화려한 장식으로 치장한 여인들은 샤머니즘 숭배자들처럼 보였다. 이들은 목걸이, 팔찌에 그치지 않고, 다섯 손가락에 모두 반지를 끼고 귀걸이, 코걸이도 착용한다.

앳돼 보이는 엄마와 두 아이에게서 눈을 뗄 수가 없었다. 그 엄마의 나이는 스무 살 정도라고 하였다. 그런데 그녀의 눈동자는 맑지만 슬픔이 묻어난다. 그녀에게 많은 사연이 숨겨져 있는 듯했다. 이런 열악한 환경 속에서 집시로 살면서 어떻게 저런 온화한 미소가 흐를까. 문명인들이 읽어내지 못하는 코드 앞에서 나는 자꾸 내 삶을 뒤돌아본다.

- 인도 집시마을

소행성의 일몰

세상에서 가장 눈부신 빛으로 물든 그곳에서
신비한 바오밥 나무와 어린 왕자와 보아뱀을 만났다.

- 마다가스카르

이름 모를 꽃은
없습니다

5월의 어느 날 강원도 고성의 왕곡 마을을 찾았다. 지난 가을 여행길에 들른 마을에서 우리의 옛 모습을 보고 정감이 갔다. 다시 돌아오고 싶은, 마음의 고향 하나를 숨겨놓았다. 저녁밥 짓는 연기가 하얗게 피어오르는 광경을 보니 철없이 뛰놀던 초등학교 시절이 생각났다. 시골길에서 만난 마아가렛은 추억을 불러왔다. 골목길에서는 아이들과 고무줄놀이를 하던 그때에 대한 그리움이 샘물처럼 솟아났다.

사진 속 마아가렛과 비슷한 꽃이 두 가지 있다. 샤스타 데이지와 구절초다. 한눈에 구별하기가 어렵지만 나는 마아가렛만은 확연하게 구분할 수 있다. 잎은 쑥부쟁이를 닮아 가늘고 꽃은 3~5월에 핀다. 샤스타 데이지는 6~7월에 꽃이 피고, 구절초는 9~11월에 꽃이 피는데 잎이 쑥잎과 비슷하다. 모양이 비슷한 세 가지 꽃은 각기 다른 계절에 피어나 우리들 마음을 하얗게 물들인다. 꽃 이름이 궁금해 안달하는 나에게 사람들은 말한다. "뭘 꽃 이름까지 다 알려고 그러세요. 그냥 봐서 예쁘다 하면 되는 걸." 이름 모를 꽃은 없다. 우리가 알려고 하지 않아서 모를 뿐이다.

꽃 이름을 알면 그 이름을 불러주고 싶고 더 사랑해 주고 싶어진다. 이름을 알면 내 것이 된다. 이름을 불러주면 꽃이 내게로 와서 안기는 느낌이다. 꽃의 향기마저 내 마음속으로 들어와 나와 함께 산다.

- 강원도 고성 왕곡 마을

아직도 내 눈 속엔
천사들이 산다

숙소에서 밖으로 나가 사진을 찍다가 한 무리의 아이들을 만났다. 사진을 찍어 달라기에 인스턴트 카메라로 아이들 소원을 들어주었다. 아이들 중 덩치가 큰 남자아이가 눈에 들어왔다. 그 아이는 자기와 친한 아이의 사진을 찍게 하고 나머지 아이들은 다 쫓아버렸다.

천사 같은 아이들 세계에도 서열이 있었다. 키 작은 아이들은 휘두르는 막대기에 꼼짝도 못하고 행여나 맞을세라 멀리 도망치곤 했다. 눈이 맑은 한 아이가 사진을 찍고 싶은데 막대기를 휘두르는 아이가 무서워 한쪽으로 물러서서 쳐다보기만 했다. 어느 사회나 우쭐거리는 세력이 있게 마련인가 보다.

덩치 큰 아이에게 가서 손짓발짓으로 타협을 했다. "아이들을 그렇게 쫓아버리지 말고 질서를 지키면 모두 찍어줄 거야. 먼저 이 아이의 사진을 한 장 찍어주자." 어쩔 수 없이 승낙해 준 덩치 큰 아이 덕에 꼬마 천사에게 사진을 선물할 수 있었다.

넌 어쩜 그렇게도 맑고 환한 모습일 수 있을까. 비록 스웨터는 낡고 그걸 뒤집어 입기는 했지만 내 마음은 아이의 본질 속에 머물렀다. 아이는 내게 세상은 보이는 게 다가 아니라는 사실을 말해주고 있었다. 학교에 가야 할 시간, 아이는 집 주위를 맴돌며 작은 물건을 팔고 있었다. 그걸 보는 내내 마음이 안쓰러웠다. 그래도 기죽지 말고 지금처럼 맑은 모습으로 살아주렴.

에티오피아에 다시 가는 날 아이를 만날 수 있을까. 내가 찍은 사진을 아이 손에 꼭 쥐어 주고 싶다. 지금도 내 눈 속엔 에티오피아 꼬마 천사들이 살고 있다.

- 에티오피아 아디스아바바

체크 무늬 머플러를 두른
멋쟁이 에티오피아 할아버지

에티오피아를 방문하기 전까지는 그 나라가 얼마나 풍요로운 나라인지 몰랐다. 광활한 들판의 저 끝에서 반대편 끝까지 누런 곡식들이 익어가고 있었다. 나는 에티오피아가 쭉 뻗은 나무들과 풍부한 자연자원을 가진 나라라는 것에 놀랐다. 그냥 보기에 이곳의 곡식들은 우리나라의 보리와 다를 바가 없었다. 그것은 에티오피아에서 자라는 테프Teff라는 작물이었다. 테프를 갈아 반죽하여 발효시킨 후 구워낸 것이 그들의 주식인 인제라Injera다.

두돌라 들판을 지날 때 흰 수염에 터번형 모자를 쓴 노인이 걷고 있었다. 지팡이를 목 뒤에 걸치고 즐거운 표정으로 갈 길을 재촉하는 할아버지의 모습에서 낭만이 묻어났다. 이방인을 보고서 어디서 왔느냐는 듯 인자한 미소를 지었다. 그 환한 웃음은 내게 그대로 전염되었다. 나는 그와 함께 웃으며 인사를 나누었다. 체크 무늬 머플러를 아무렇게나 걸친 그의 모습이 자연스럽고 멋스러웠다.

이번 여행으로 그간 내가 만난 사람들과 내가 경험한 세상이 전부가 아니라는 것을 깨달았다. 여행의 감동이 물수제비의 파장처럼 내 마음의 표면을 훑고 지나간다.

- 에티오피아 두돌라

명품
패션 감각

오전에 조드푸르 골목길을 걷고 있었다. 웃음꽃을 피운 할머니가 살며시 대문을 열고 나왔다. 정갈하게 머리를 빗으려고 밖으로 나오는 길이었다. 나를 발견하고 할머니의 얼굴에 가득 행복이 번졌다. 이방인을 만나 경계하는 것이 아닌, "어서 오라", "잘 왔다"라고 하는 친절한 미소였다. 어린 시절 내 할머니의 얼굴에서 피어나던 바로 그 정다운 미소였다. 사진을 찍어주겠다는 내 마음을 선뜻 허락했다. 현관문과 할머니 의상 컬러가 완전한 조화를 이루었다.

사리는 너무 잘 알려진 인도 여성의 복장이다. 사리는 바느질이 되어 있지 않고, 직사각형의 단순한 형태로 만들어진 천이다. 긴 천으로 몸을 휘감고 그 밑에 치마나 바지를 입는다. 인도에서 사리를 한 번 입어보고 싶었는데 기회를 놓쳐서 아쉽다. 바느질이 전혀 안 된 천을 걸치는 것만으로 멋을 내는 인도 여인들은 명품 패션 감각을 가지고 있었다. 한복은 단순하면서도 화려한 색과 선의 조화가 아름답다면, 사리는 색의 조화와 손놀림만으로 멋을 내는 간편함이 매력이다.

- 인도 조드푸르

이 망할 놈의
개망초

봄철이면 농부들은 말한다. "이 망할 놈의 개망초" 라고. 뽑아도 뒤돌아서면 다시 돋아나는 것이 개망초다. 번식력은 또 얼마나 강한가. 아무리 잘라도 다시 살아나니 말이다. 망초ㄷㅃ는 한일합방 무렵에 철도 침목에 묻어 우리나라에 들어왔다. 망초가 퍼지기 시작할 무렵 을사조약이 체결되어 이 꽃은 '나라를 망하게하는 풀'이란 의미인 망초라는 이름을 얻었다.

하얀 개망초가 들녘에 가득 핀 모습을 보면 안도현의 시처럼 눈물지으며 바라보지는 않더라도 추억으로의 여행을 떠나곤 한다. 개망초 풀섶에 기대 장 보러 떠난 엄마를 기다리는 어린 소녀. 어스름 저녁 무렵 무서움에 마음 졸이던 어린 날의 동화가 떠오른다.

개망초는 노란 계란 꽃이 되어 작은 손을 흔들며 한여름 들판을 물들인다. 개망초가 너무 흔해서, 보잘것없어 보여서, 지천에 넘쳐나는 꽃이어서 우습게 보일지라도 이 꽃을 자세히 들여다보면 예쁘지 않은가. 망초는 망하게 하는 풀이 아니라, 위로와 사랑을 건네주는 소중한 꽃이다.

개망초꽃 / 안도현

눈치코치 없이 아무 데서나 피는 게 아니라
개망초꽃은 사람의 눈길이 닿아야 핀다
이곳 저곳 널린 밥풀 같은 꽃이라고 하지만
개망초꽃을 개망초꽃으로 생각하는
사람들이 이 땅에 사는 동안 개망초꽃은 핀다

- 당수동 시민농장

바나나 잎 우산

커피의 귀부인이라 불리는 에티오피아 커피의 원산지 예가체프(현지어 이르가 짜페) 마을에 가는 날이었다. 하늘에 구멍이 난 것처럼 비가 퍼부었다. 우리는 일정을 바꿀 수 없어 길을 나섰다. 봉고차로는 도저히 험악한 산길을 갈 수 없었다. 한국에서 만났던 현지인 제게예의 지프차에 세 명만 타고 길을 떠났다. 한 자리를 얻은 나는 불편한 마음을 접고 바깥 풍경에 빠졌다. 그곳에서 본 잊을 수 없는 광경이 지금도 눈앞에 생생하다.

한 여인이 바나나 잎 우산을 쓰고 빗속을 걸어가는 모습이 이채로웠다. 열악한 비포장 길에서 자동차 바퀴는 모험을 했다. 진흙탕에 빠져 차가 허우적거렸다. 그러나 마을 사람들과 아이들이 힘을 합해 차를 끌어내 주었다. 인생은 언제나 반전이 있게 마련이다. 수렁에서 건져낸 차를 보고 박수치며 행복해하는 그들의 모습에 깊은 감동이 인다.

낯선 이방인들을 본 아이들의 표정은 제각각이었다. 달리는 차를 따라잡으려고 온 힘을 다해 흙탕물이 튀는 빗속을 뛰는 아이들이 천진스러웠다. 아이들은 폭우가 쏟아지면 길이 끊기는 열악한 환경과 맨발로 뛰어다녀야 하는 지독한 가난 속에서 살아가지만 마음만은 천국에 있는 것처럼 행복하다. 문명의 이기 속에서 이들과 다른 가치관을 가지고 살아온 나는 짠한 마음을 떨쳐버릴 수가 없었다. 돈으로 바꿀 수 없는 동심에 빠졌던 이 시간이 여운으로 남는다. 어릴 적 연잎과 토란대를 우산처럼 쓰고 뛰어놀던 시절이 오버랩된다.

- 에티오피아 예가체프

이곳이 정녕
아프리카란
말인가

안타나나리보는 아프리카에 대한
나의 편견과 생각의 틀을
한순간에 깨버리게 했다.

- 마다가스카르 안타나나리보

과거와 현재가
대화 중이다

단양의 도담삼봉에 가뭄이 들면 봉우리의 키가 그대로 드러나 높아진다. 비가
많이 오는 계절에는 키가 줄어든다. 농부들은 봉우리의 키에 따라 웃기도 하고
울기도 했다.

정도전은 산수가 기이하고 빼어난 단양에서 태어났다. 정도전의 호가 삼봉이라
는 것에서 그가 얼마나 단양을 사랑했는지 드러난다. 겨울철에는 남한강이 얼
어붙어 도담삼봉까지 걸어서 들어갈 수 있다. 삼봉 중 가장 큰 중앙의 봉우리는

사람들이 오르내릴 수 있다. 육각정자 삼도정에서는 선비들의 시 읊는 소리가 낭랑하게 들리는 듯하다. 비경 앞에 서면 나도 시 한 수를 읊고 싶어진다.

도담삼봉, 사인암, 옥순봉을 담은 진경산수화는 김홍도의 작품으로 유명하다. 재미있는 것은 김홍도의 그림 속 도담삼봉의 모습이 지금 우리가 보는 도담삼봉과 별반 다르지 않다는 것이다. "현감님, 올해는 가물어서 삼봉의 위엄이 그어느 때보다 큽니다. 농부들의 시름이 말이 아닐진대 걱정이로소이다." 그림 속 선비들이 도담삼봉을 바라보면서 나눈 이야기를 상상해 본다. 그림 속에서 과거와 현재가 대화를 나누고 있다. 200여 년 전의 사람들과 소통을 하고 있는 느낌이었다.

도담삼봉을 바라보며 퇴계 이황의 시 한 수를 마음으로 읽는다.

山明楓葉水明沙 / 三島斜陽帶晚霞 (산명풍엽수명사 / 삼도사양대만하)
爲泊仙橫翠壁 / 待看星月湧金波 (위박선사횡취벽 / 대간성월용금파)

산은 단풍잎 붉고 물은 옥같이 맑은데
석양의 도담삼봉엔 저녁놀 드리웠네
신선의 뗏목을 취벽에 기대고 잘 적에
별빛 달빛 아래 금빛 파도 너울지더라

옛 선비들은 달빛 아래에서 시 한 수로 풍류를 즐겼다. 요즘 사진사들은 별빛을 친구 삼아 새벽 동이 틀 때까지 은하수를 담는다.

- 단양 도담삼봉

베르디
만나러 가는 길

이탈리아 부세토는 온통 베르디Verdi만을 위한 도시 같았다.
부세토로 가는 길의 자연 풍광은
말로 표현하기 어려울 정도로 아름다웠다.
파란 하늘을 배경으로 광활하게 펼쳐져 있는
들판과 구름밥상을 차리고 있는 뭉게구름이 정오를 연출하고 있었다.

빨간 양탄자를 깐 듯 끝없이 펼쳐진 야생 양귀비꽃들은
너무 아름다워서 슬펐다. 베르디가 감지하고 느꼈을 바람,
공기와 햇빛을 마주한다는 것 자체가 행복이었다.
짝사랑하는 사람을 만나러 가듯 떨리는 마음이었다.

- 이탈리아 부세토

자전거 탄 풍경

빨간 해가 저녁 하늘을 붉게 물들이더니 시간이 지날수록 파스텔 톤으로 흩어졌다. 내가 마다가스카르로 여행을 가기 전 사람들이 물었다. "그곳에 자전거 타는 사람이 있을까요." 이 질문은 나에게 "맨발로 다니는 사람 천지인 나라인데 자전거가 있겠어요"라는 질문으로 들렸다. 현실은 생각의 민낯을 드러냈다. 문명이 지구 끝까지 파고들었다는 생각이 들었다. 아프리카도 사람이 사는 곳이다. 필요한 것은 모두 다 있었다.

'혹시 자전거를 타고 지나가는 사람이 없을까.' 시간이 많으니 무작정 기다렸다. 지나가는 사람이 없으면 어쩌나 조바심이 났다. 칠흑 같은 어둠이 무서우니 이제 그만 찍고 돌아가자는 동료들의 말을 뒤로하고 얼마나 기다렸을까. 드디어 나타났다. 어슴푸레한 어둠 사이로 자전거를 탄 소년이 지나갔다. 소년은 어깨를 말고 허리를 편 채 자전거를 타고 있었다. 그 자전거 바퀴가 붉은 노을 속으로 들어왔다. 기다림은 언제나 숨겨놓은 선물상자 같다.

수도를 제외한 마다가스카르 대부분의 지역에서는 전깃불이 들어오지 않아 해가 떨어지기 전에 아이들을 챙긴다. 얼굴조차 보이지 않는 시간에 가족들과 마주앉은 저녁 식사 자리는 얼마나 아름다운가.

자전거를 타고 가던 소년은 석양 너머에서 어떤 행복을 꿈꿀까. 프레임 밖 그의 일상이 못내 궁금하다.

- 마다가스카르 모론다바 바오밥 거리

계림 흥평의
가마우지 낚시

수만 개 산봉우리로 둘러싸인 계림桂林, Guilin은
산수가 천하의 갑(山水甲天下)이다.
태고적 신비 속에서 공룡이 튀어나올 것만 같은
수묵화에 마음을 빼앗겼다.

- 계림 흥평

54

정 많은
마다가스카르 사람들

하늘은 늘 파랗고 구름은 새하얗다. 달려도 달려도 끝이 없는 길이었다. 창 밖으로 낯선 것들이 눈앞에서 사라졌다. 뿌리를 내리기까지 견뎌야 했을 나무들 사이로 물음표 같은 집들이 스쳐갔다.

엄마와 아가 둘, 그리고 풀섶 위에서 마르기를 기다리는 빨래가 있었다. 강아지, 닭, 돼지도 한 가족을 이루고 살았다. 소박한 2층집의 밖에는 1층과 2층을 오갈 수 있게 해주는 사다리도 있다. 사람 사는 것은 어디나 별반 다르지 않은 모양이다.

가족들이 다 누워도 두 자리는 빈다며 자고 가라고 말하는 마다가스카르 사람 (말라가시인)들은 우리처럼 정 나누기를 좋아하는 모양이다. 그곳에 추억 한 자락, 그리움 한 자락 묻어두고 왔다. 언제든 생각날 때 꺼내 볼 수 있을 테니까. 옛 시절 나만의 아련함으로 그리움에 새 살이 돋는 듯했다. 아직 곳곳에 편안함이 살아 있는 그곳은 살 만한 쉼터인 셈이다.

마다가스카르를 세 번째 방문하는 나는 오랜 친구 집에 들른 것처럼 마음이 편했다. 스스럼없이 그곳 사람들에게 다가갈 수 있었다. 마음을 여니, 말라가시인들의 마음이 내게로 들어왔다.

- 마다가스카르

피아란초아의
광솔 파는 오누이

마다가스카르에서 남쪽으로 10시간 정도 달리다가 나타난 피아란초아에서 어린 소녀를 만났다. 나이는 10살이고 이름이 샨다라고 했다. 소녀에게서는 희미한 미소조차 찾아볼 수가 없었다. 땡볕에 노출된 무심한 얼굴에는 힘든 기색이 역력했다. 소녀는 가족들과 함께 광솔을 팔고 있었다. 표정으로 보아 오랜 시간 좌판을 벌였으나 광솔이 전혀 팔리지 않았던 게 분명했다. 우리 일행 중 한 사람이 광솔 상태가 매우 좋다며 구매하겠다고 하여 차를 멈췄다.

소녀가 광솔 다발을 들고 우리 곁으로 달려왔다. '네 것을 사고 동생 것도 살 테니 더 가져와라'고 하니 소녀는 감정을 표현하지 못하고 묘한 표정을 지었다. 어서 가서 광솔 다발을 더 가져오라는 내 손짓에 그제서야 소녀는 환하게 웃었다. 옆에 있던 동생도 웃는 누나를 바라보며 천진스럽게 함께 웃었다.

누구나 얼굴에 가장 먼저 행복이 드러난다. 나는 소녀가 웃을 줄 모르는 아이라고 생각했는데 소녀의 표정에서 천사의 모습을 보았다. 사실 그때 산 광솔은 1년을 쓰고도 남을 만큼 많은 양이었다. 광솔을 구매한 사람은 소녀의 안쓰러운 모습을 보고 용기를 주고 싶었단다. 그 가족들에게 그날 하루라도 행복한 저녁 시간을 선물하고 싶었다 했다. 여행은 마음으로 길을 내게 한다.

마다가스카르의 샨다를 위해 기도한다. 늘 행복한 모습으로 많은 사람에게 기쁨을 배달하는 천사로 살기를 바라는 마음이다.

- 마다가스카르 피아란초아

절규

100년이 넘는다는 노송 지대에서 만난 석양은
쉽게 잊히지 않을 귀한 선물이었다.

- 영흥도 장경리 해수욕장

뚝방 길 위의
사람들

해가 기울어지는 오후 네 시를 넘어서면 뚝방 길에 먼지가 인다. 머리에 보퉁이를 이거나 등짐을 진 사람들의 귀가 행렬이 시작되는 것이다. 무거운 짐 속에 담겨 있는 것은 자식들에게 나누어 줄 옷가지, 가족들과 함께 나눌 한 끼 식사가 전부일지도 모른다.

마다가스카르는 수도를 제외하면 대부분의 지역에 전깃불이 들어오지 않는다. 이러한 지역에 사는 이들은 해가 떨어지기 전 귀가를 서두른다. 달빛이 은은하게 어둠을 밝히고 어둠이 달빛을 그윽하게 밝히는 저녁 식사 자리에 둘러앉기 위해서다.

마다가스카르의 신화는 현재진행형이다. 사방이 신화적 공간이다. 과거는 빠르게 현재에 당도해 있고, 현재는 느리게 미래를 향해 가다가 어느새인가 과거와 동행한다. 그들은 이 뚝방 길을 조상, 후손과 함께 걷는다. 가난해도 외롭지 않은 이유다.

- 마다가스카르 안타나나리보

앗, 누구세요

무라망가에서 안치라베로 가는 도중 어떤 마을에 들렀다. 보통은 관광버스가 들어가지 않는 곳이다. 마을 사람 모두가 순박해 보였다. 이곳 사람들은 이번 여행에서 보던 마다가스카르 사람들과 많이 달랐다. 외지인을 볼 기회가 없던 그들은 우리를 보자 모든 게 다 신기한 모양이다.

동네 사람들은 우리를 신기하다는 표정으로 바라보았다. 그들의 눈에 이방인이었던 우리는 어떤 모습이었을까. 아이들은 카메라 끈을 손으로 당기며 처음 보는 카메라를 유심히 들여다보았다. 사진을 찍어서 보여주니 놀라는 표정이다. 어떤 아이는 내 손을 잡아끌고 가족이 있는 데로 가서 사진을 찍어달라고 했다. 뷰파인더를 통해 보는 사진은 그들의 행복까지 담고 있었다.

동네가 온통 북새통일 때 미처 밖으로 나오지 못한 소녀가 창가에서 우리를 내다보았다. 환한 웃음을 지으며 "앗, 누구세요?" 하는 눈으로 말이다. 어느새 소녀가 밖으로 달려 나왔다. 수줍음도 잠시, 반가움이 언어를 뛰어넘어 서로의 가슴속으로 밀려왔다.

- 마다가스카르 안치라베

바오밥 놀이터의
악동들

세 번째 아프리카 여행이었다. 아프리카 마다가스카르의 바오밥 나무는 내가 글을 쓰는 사람이 되게 해준 행운목이자, 언제 가도 반갑게 손잡아 주고 사랑을 주는 친구다.

나는 라이카 인스턴트 카메라로 450장의 사진을 찍어 모론다바 아이들과 가족에게 선물해 주었다. 다음 날 온 동네가 잔치 분위기로 바뀌었다. 우리 일행들은 우리를 위해 소 한 마리를 잡아준 현지인들과 마음을 나누었다. 잔치 바로 전날 동네 주민들은 제물로 바쳐질 주인공 소를 트리니티 초등학교에 데리고 왔다. 여기서 나는 그만 소와 눈이 딱 마주쳐 버리고 말았다.

점심 식사 시간이 되자 어제 보았던 소의 슬픈 눈이 떠올랐다. 차마 밥알들이 목구멍으로 넘어가지 않았다. 나는 슬그머니 카메라를 메고 트리니티 초등학교 뒤의 바오밥 나무 아래로 산책을 나갔다. 그때 아이들이 하나, 둘 모여들면서 나를 따라다니기 시작했다. 잔치의 즐거움에 들떠서인지 아이들의 목소리는 점점 더 커져 숲을 흔들었다.

나는 아이들에게 사진을 찍어주고 뷰파인더로 보여주었다. 갑자기 아이들이 하나, 둘 달려가더니 바오밥 나무 위로 올라가는 것이 아닌가. "바오밥 놀이터의 악동들"이란 이 사진은 아이들이 나에게 준 귀한 선물이다. 나무 위에 올라간 아이들의 순박한 표정과 몸짓은 그들이 내게 건네준 사랑이었다.

- 마다가스카르 모론다바

박미숙

facebook.com/donsook2
instagram.com/bagmisug2505
donsook2@nate.com

prologue

아들이 고3이 되었을 때 내가 해줄 일이 더 이상 없다는 것을 깨달았다. 물론 예전보다 마음은 조급해졌고 할 말은 많아졌지만, 아들이 내 마음처럼 움직일 리 없었다. 한 발짝만 물러서자고 나를 다독이고 다독이다가 발견한 것이 카메라였다. 또 다른 세상의 발견이었다. 빠져든다는 말을 이런 때 하나 보다 싶었다. 나의 모든 일상이 카메라와 연결되어 다가왔다.
평소 도서관에서 책을 즐겨보던 나는 책 속에서 여러 사진작가들을 만났다. 유난히 가슴이 콩닥콩닥 뛰었던 그 책을 만난 어느 날쯤이 아마 이번 작업의 시작점이었을 것이다.

그동안 여기저기 참 많이 찾아 다녔다.
눈 부비고 있을 새벽 시간에 동이 트는 현장에 있었고, 손끝이 아리는 한겨울에 산 정상에 있었으며, 잠드는 시간을 잊고 은하수 길에서 취해 있었다. 나의 모습은 마치 오묘한 빛의 생김새를 알고야 말리라 진격하는 전사와도 같았고, 화려한 기술을 기웃거리는 호기심 덩어리 학생과도 같았다.
그러던 나에게 이번 작업은 잠자고 있던 흑구슬 같은 사진을 꺼내어 말을 걸어보는 과정이었다. 수줍은 마음을 드러내어 글로 토해냄으로써 보배를 꿰는 진귀한 체험이었다. '감동이 오기 전에 셔터를 누르지 마라' 던 책 제목이 마음에 와 닿았다. 말할 수 없는 치유와 희열을 맛보았음을 숨길 수가 없다.

어른이 되고서도 이렇게 성장을 할 수 있다는 사실이 낯설면서도 뿌듯하다. 이번 첫 걸음이 만 걸음의 시작이요 절반이라는 말을 믿어본다.
주저앉지 않도록 용기를 북돋우며 끝까지 함께 해준 소중한 인연들에 깊이 감사드린다.

또,
아침을 맞으며

새해 새 아침,
서리가 내린 날이라고 대단한 다짐을 하려는 건 아니라오.
쌔근쌔근 부대끼지 않은 지난 밤 단잠이 고맙고,
민첩하지 않지만 잔잔한 젓가락질이 고맙고,
어눌한 몸짓이지만 같은 쪽을 향해서
한 발 한 발 보태가니 또한 고맙구려!

그리고 부디 내가,
오늘 같은 행운을 다 누리고
그대보다 딱 하루만 더 남아서
이 모든 걸 회상할 수 있기를
다짐이 아닌 기도로 간절해지는 아침이라오!

- 퇴촌 경안천

함께 먹는 밥

주고, 받고, 함께 나눈다는 것이 곧 삶의 호흡임을 깨닫는다. 고비를 몇 번이나 넘기며 버티다가 며칠 전 파산신청을 했다는 후배 남편의 갑작스러운 사건을 대하고도, 실기시험을 앞둔 고3 딸아이의 날선 예민함에 눈물을 뚝뚝 떨구는 이웃집 여인의 등을 쓸어 주면서도, 우리는 따뜻한 밥상에 둘러앉았다. 서로의 마음을 헤아려 주고 그 지지와 응원으로 힘을 얻는다. 우리는 함께 먹는 밥의 힘을 알고 있다.

- 분당

교동 이발관
관찰기

남자들만의 공간이기에, 난 정말 처음으로 이발관에 발을 들여놓는 흥미로운 경험을 했다. 50년이 넘었다는 이곳 교동 이발관은 지나가던 여인도 궁금하여 고개를 들이밀고, 가끔은 누가 앞 순서인지 재보기도 하며, 마침내는 구슬 커튼을 열어젖히고 발을 들여놓게 되는 곳이다. 오로지 깎으려는 자와 깎는 자 단둘이서, 한쪽은 가끔 꾸벅거려 보기도 하고, 다른 한쪽은 재깍재깍 가위질 리듬의 수위를 높이며 고즈넉한 공간을 채우고 있다.

의자를 젖히고 누워 면도하는 시간, 어쩌면 잠깐씩 끊기던 졸음이 단잠으로 편안해지는 시간이기도 하리라. 얼굴 앞, 뒤, 턱밑까지 면도하는 시간이 이발하는 시간보다 더 긴 것처럼 느껴진다.

어르신 머리 위에는 비밀 같은 창문으로부터 빛이 한 움큼 비집고 들어온다. 뜨뜻해진 물을 조리개에 담아 머리를 벅벅 문질러 감겨주는 주름진 손길에서 정이 뚝 뚝 묻어난다. 우선 익숙한 손놀림으로 물기를 털어내고, 이어서 드라이어로 매만져가며 모양새를 가다듬는다. 고객님 한 분 변신 완료. 문을 나서는데, 그간의 진지함을 털고 씨익 웃어주는 주인장 어르신의 미소는 끝까지 열심히 기다리며 관찰한 나에 대한 선물이렷다!

- 강화 교동도

추모

그곳에서는 편안하신지 안부를 묻습니다.
오동잎 툭 툭 떨어지고 찬바람 볼 때리면
뜨거운 그리움에 불러 봅니다.

엄마!

다락에 올라갔는데 사다리가 치워진 것 같은,
깊은 물길에 다리가 걷어진 것 같은 황망함을
아슬아슬하게 버티고 견딥니다.

젊은 날의 그 귀한 정성과 헌신을
나에게 함부로 무작정 안겨주고 간 이름을
푸른 허공에 외쳐봅니다.

엄마!~

- 강화 조양방직 카페

왜 웃느냐고
묻는다면

남편은 자꾸 묻는다.
카메라 들고 나서는 게 그리도 좋으냐고.

카메라를 가까이하고 나서, 발자국이 새겨진 뒤를 다시 훔쳐보며 거대한 우주
속의 나를 만났고, 시멘트 틈을 밀고 나오는 하찮은 풀 한 포기에 눈길 한 번 더
주면서 끈질긴 생명을 깨달았으며, 어제의 해를 삼켰기에 다시 해를 토해낸 오
늘이 빛나는 것을 알았다.
꽃은 꽃이라서 몸서리치게 예쁘다. 살랑거리는 바람은 뺨을 스치던 예전의 그
바람이 아니다. 빗방울은 새로운 시선을 들고 와서 내 앞에 무지개 상을 차렸다.
눈이 짓무르도록 기다려온 상고대를 맞으러 가는 날은 밤잠을 설치곤 했다.
꿉꿉한 더위와 손가락 끝이 아리던 추위도 한 장의 사진 앞에서는 눈 녹듯 사라
졌다. 내 기억 창고를 한 칸 한 칸 채워가는 렌즈 속 세상을 만난 건 몇 번을 생각
해도 행운이다. 내가 오늘도 웃는 이유다.

- 승주 낙안읍성

엄마,
밥 주세요!

"엄마, 배고파요~~. 밥 좀 주세요!"
아들이 퀭한 눈으로 집에 들어서며 나를 보자마자 외친다.
오오냐~~, 주고말고!
아직 네 눈에 엄마가 밥으로 보이는구나!
땅 밑으로 꺼져 들어갈 듯이 지쳤을 때 떠올랐을
엄마표 애호박 돼지 얼큰 찌개,
늦잠 자서 허둥지둥 등교했다가
1교시 수업 시작 때쯤 아른거렸을 소고기 삼각 김밥,
쓴소리 내뱉은 선배가 미워 들썩이는 엉덩이 꾹 누르며
쭉 늘어나는 치즈를 상상했을 또띠아 작은 피자!
엄마의 밥이 적어도 너에게는 뜨거운 응원으로,
한 술 포근함으로, 최고의 위로로 함께 있었구나!
나는 생명의 밥을 지을 테니 너는 삶을 찬미하고 환호하여라.
아들은 엄마의 어깨 위에 숨을 관장하는 최고의 권력을 달아 주었다.
감히 엄마로서 성공이다.

- 서해안 꽃지해수욕장

봄은
할머니의
손길을 타고 오더라

산수유 꽃 찾아 양평으로 나섰는데 꽃이 덜 피었다.
마을 입구 개울가에서 냉이를 손질하는 할머니를 만났다.
꽤 오랜 시간 캤을 법한 많은 양의 냉이를
개울물에 살랑살랑 흔들어 가며 흙을 씻어내고 계셨다.

"할머니, 냉이 많이 캐셨네요?"
"잉~! 국도 끓이고 나물도 무치고 부침개도 맹글어야제~!"

일렁이는 개울물 속에서 엄마가 선물처럼 잠시 다녀가셨다.
할머니의 분주한 손길 위로 살포시 봄이 내려앉고 있다.

- 양평 산수유마을

병어 단상(斷想)

한참 전부터 여수에 주문을 넣고 기다렸다고 했다.
병수도 아니고 병호도 아닌, 내가 참으로 좋아하는 녀석 병어 얘기다.
내가 자란 지역에서는 병어를 병치라고도 불렀다.
가시가 적고 도톰한 살이 매력적인 병어는 비린내가 거의 없어서,
제사나 명절이면 꼭 상에 오르는 생선이었다.
그 녀석이 오늘 도착했다.
일단, 포슬포슬 분이 나오는 햇감자와 조림을 시작해 본다.
통통한 살만 살살 긁어모아서 감자 반 개를 올린 다음,
밥 반 병어 살 반에 국물을 끼얹어 쓱쓱 비빈다.
꿀맛이란 바로 이런 것일 거다.
여름 별미 오이지무침과 함께 먹으니 행복이 별건가 싶다.
귀한 보석도 명품도 아닌 생선조림 한 접시에 반하는 나는
가히 일차원적 인간이다.
그리도 작은 뱃구레를 가진 내가 한 마리를 홀딱 먹어 젖히니
싱글벙글 입이 벌어지는 사람, 나에게 이런 즐거움을 주려고
공들여 준비하는 사람, 내 생일 달에 엄마를 덜 그립도록 만드는 사람,
내 남편이다. 병어 그 녀석 덕분에 오늘도,
우리 사랑에 반질반질 윤기가 더해졌다.

- 분당

광한춘몽(廣寒春夢)

광한루에 올라 이 도령을 찾아본다.
세월은 흘렀으되 애틋함은 그대로 전해온다.
오색 휘장 색감을 입은 오작교가 연못에 그림처럼 걸쳐 있다.
손 꼭 잡은 연인의 밀담이 들려오는 듯 귀를 쫑긋 세워보기도 한다.
이 도령은 삼신산을 거닐어 완월정에 이르면,
업고 놀자고 달을 희롱하며 목청을 높였을 테지….
5월 봄날, 전국의 미스 춘향들이 모여 지성과 미모를 뽐내는구나!
천년 사랑을 찾아 나선 길에서 어제보다 오늘,
더욱 고결하게 빛나는 춘향의 절개를 떠올려 본다.

- 남원 광한루

경계

나와 너의 경계,
여기와 거기의 경계,
겉과 속의 경계
눈 깜빡,
딱 그만큼의 경계

- 철원 한탄강

내 마음에
주단을 깔고

꽤 추운 날이었다. 할미할아비바위 사이로 떨어지는 해를 사냥하겠다며 모두가 삼각대를 세워 벼르고 있었다. 나는 슬그머니 그곳을 벗어나 바닷물 가까이로 계속 발길을 옮겨 보았다. 옹기종기 앉아 있는 새들을 비집고 핑크빛 물감을 풀어놓은 듯이 바다가 물들기 시작했다.

잠시 넓은 바다상자에 나 혼자 있는 듯 멍해져 발걸음을 옮길 수가 없었다. 그리고는 이렇게 노래가 나오더군!

"내 마음에 주단을 깔고 그대 길목에 서서 예쁜 촛불로 그대를 맞으리."

김창완 작사 작곡의 '내 마음에 주단을 깔고' 노래 가사를 옮겨옴

- 태안 안면도

둥지

오랜 시간 묵묵하게 곁을 지켜온 큰 기둥 나무처럼
나도 변함없는 그대의 그늘이었으면 좋겠습니다.

아무리 긴 터널이라도 환호처럼 쏟아지는 빛을 맞이하듯이
돌고 돌아온 길, 편안한 안마 같은 그런 웃음꽃이었으면 좋겠습니다.

제비가 가장 안전한 호리병 둥지 찾아,
긴 수고를 아끼지 않듯 움츠렸던 어깨 쫙 펴지는
따뜻한 안식이 바로 나였으면 좋겠습니다.

- 성남 남한산성

머리를
맞대고

요즘 일본과의 무역 관련 문제 때문에 국가적 안위를 걱정하느라, 어느새 대통령의 마음이 되어 살고 있다. 친구의 남편은 직장 상황이 어려워져 여름휴가를 반납했고, 이웃집 아들은 일본 대학에 지원하려던 계획에 대해 끙끙 고민하고 있다. 요리할 때마다 이런저런 대체재를 떠올려 보는 나의 모습에서도 이미 애국심은 강하게 발현되고 있다.

그러던 중 오늘 아침 미루어두었던 책을 읽고서 간만에 마음도 들뜨고 기분도 좋아졌다. 책의 내용은 대부분의 사람이 정확한 사실이나 통계보다는 느낌으로 세상을 판단하고 예견하며 막연한 두려움과 편견으로 괴로워한다는 것이었다. 우리가 사는 세상이 생각보다 훨씬 더 살 만한 곳으로 진보하고 발전해왔다는 사실은 꾸준한 통계와 수치로 증명된다. 이 사실은 근래의 긴장을 안정시키며 마음의 근육을 토닥토닥 풀어준다.

저자가 아들, 며느리와 함께 세상에 잘못 알려진 사실에 대해 열심히 토론하고 그 성과물을 이해하기 쉽게 도표로 정리하였듯이, 우리도 침착하게 머리를 맞대고 지지와 대안을 모색해 볼 일이다.

- 양평

아가와
엄마

처음엔 아빠가 아기를 업고 양떼몰이 하러 가는 길인 줄 알았다.
4천 미터가 넘는 차마고도 하산 길, 차에서 본 모습이었다.
가까이 가서 보니 엄마였다.
그곳의 생활환경을 보고 짐작건대,
가진 것 중에서 가장 귀하고 예쁜 컬러 포대기를 두른 것 같았다.
그래, 엄마에겐 아가가 가장 중하지!
산세의 위용 앞에서 숨죽이고 고산증을 염려하느라
자신에게 몰입했던 며칠을 되돌아보며,
갑자기 가족이 보고 싶어졌다.

- 윈난성 차마고도

2월 초하룻날

피고 지고
피고 지고,
또 새순 돋는
봄 초하룻날.

통도사 경내에는 홍매화 향기 그득하고,
봄소식에 취한 발걸음은 나는 듯 달리는 듯.

휘적휘적 승복 자락 사이로
서운암 들꽃 향기 코끝에 앉는다.

스님은 오늘도 된장 항아리의 무탈을 기도드렸을 테지.
지난 겨울을 묵묵히 견뎌낸 장독대에선
영축산의 바람과 햇볕이 익었을 테지.

스님!
오늘 같은 봄날 저녁 공양은
냉이 밥에 된장 쑥국이 제격이겠죠?

- 양산 통도사 서운암

선물

내가 자연의 일부라는 것을 절실히 느끼게 되는 시간이 있다.
아무것도 하지 않는데도 자신이 크게 드러났다가
형체도 없는 듯이 작아져 오히려 자신에게 빠져드는 시간,
몽골에서의 일몰 시간이 그랬다.
거친 모래바람을 뚫고 초원을 말달려 오니,
커다랗고 뜨거운 불덩이가 마음의 문을 열고
쏘옥 밀려 들어오는 것 같은 광경을 맞이했다.
더디고 어설픈 하루의 아쉬움일랑 이 황홀한 선물로 모두 잊으리라.
까치발 힘으로 한 줄기 빛까지 힘껏 품어본다.

- 몽골 엘승타사르하이

바람의 노래

바람은 내 곁에 노래로 앉고
나는 바람 곁에 희망 한 뿌리로 서 있다.

- 몽골 바얀고비

무희(舞姬)의
비상

애타는 그리움인 듯,
치켜올린 마스카라인 듯
폴짝 날아오르는
무희의 몸놀림이 너무 화려해서
오히려 슬픈 날!

- 함양 상림공원

염원,
2018년 9월
평양공동선언을 대하며

판문점의 봄은 평양의 가을을 수놓고,
蓮花는 수줍음 속에 연자를 품는다.
8천만 남과 북이 하나 됨을 꿈꾸고
다시 피어날 진흙 속 극락을 소원할 때
파르르 울려오는 염원의 종소리!

- 수원 당수동

살살이
바다에
넋을 잃고

살랑살랑 살살이가 너울너울 춤을 춘다.
기다리던 소식이려나 목을 길게 빼고 돌아본다.
그리움에 꿈속 오고 간 길 세어보면 문지방 닳고 닳았으리.
다가왔다 멀어졌다 빨간 우체통만 원망스럽게 바라본다.

- 정읍

삘기세상

봄 끝자락, 아직 바람이 찬 초록 들판에 삘기꽃이 눈발처럼 휘날리고
저무는 햇살은 찬란하게 내려앉고
지나간 시간은 동화처럼 눈앞에 펼쳐지고

- 화성 수섬

멋진 인생

인생은 가까이서 보면 비극이고, 멀리 떨어져서 보면 희극이라고 했던가. 나는
나 자신의 모습을 심하게 가까이서 들여다보면서 우울해하고, 타인의 모습을 멀
리서 바라보면서 희극처럼 해석하려고 한단다.

용기와 상상력을 가지고 두려워하지 않는다면, 정말 멋진 것이 인생이라고 찰리
채플린이 말했다. 극 중 칼베로 역의 채플린은 무용수 테리에게 결코 포기하지
않는 삶에 대한 열정을 보여준다. 그는 테리가 걸을 수 없다는 절망을 이기고 다
시 무대에 설 수 있도록 힘껏 돕는다. 테리가 화려한 무대조명을 받으며 춤추는
동안 숨을 거두는 칼베로의 모습이 오래도록 기억에 남아 있다. 〈라임라이트〉
영화를 다시 찾아봐야겠다.

- 용산 국립중앙박물관

피에로는
우릴 보고 웃고 있지

길고 진한 마스카라에 점도 하나 그려 넣었다.
빨간 스웨터에 연두색 머리끈,
그리고 결정적으로 머리에 꽂은 빨간 꽃 한 송이는
멀리서도 한눈에 들어오는 색감이다.
색소폰으로 가요를 연주하는 입이 터질 듯 부풀어 오른다.
노래가 절정에 이르자 피에로의 허리는 뒤로 넘어질 듯 꺾인다.
박수와 함성이 터져 나온다.
오늘 매화마을 구경, 제대로 했네!

- 광양 매화마을

지켜보고 있다

어스름한 새벽녘, 조심스럽게 한 발 한 발 함께 오르던
국사봉 길을 떠올립니다.
오른쪽 어깨에는 삼각대, 등에는 카메라와 렌즈 가방 둘러매고
미명에 하루의 장막을 걷으러 오르는 용사들처럼,
우리의 모습에는 결연한 의지가 넘쳐났습니다.

기다리고 기다려 너의 모습을 보고야 말리라!
줄줄이 카메라를 세워두고 목을 빼고 기다려 봐도
추적추적 안개비만 내릴 뿐
옥정호는 끝내 모습을 드러내지 않습니다.

겨우 아른대는 붕어섬을 눈짐작으로 그려봅니다.
멋지고 귀한 내 조국 산하의 풍경이 그리 쉽게
자신을 보여줄 리 있겠냐고 애써 마음을 쓸어내리며
붉은빛으로 찬란하게 눈부실 가을날을 기약해 봅니다.

매일 새로운 해가 떠오르듯
매일 새롭게 들여다보고,
매일 따뜻한 시선으로 렌즈 속 세상을 담아보자고
저에게 주문해 봅니다.

- 임실 국사봉

푸른 하늘
은하수

작년 8일간의 몽골 여행 일정 중 별 구경은 단 하루, 30분 정도밖에 못했다. 여유로운 밤 시간이라 밤새워 별자리를 구경할 수 있을 줄 알았는데, 밤하늘이 시시각각 달라졌던 것이다. 아쉬움이 컸다. 일 년 내내 그곳이 내 눈앞에 아른거렸다. 생각보다 큰 그리움이었다. 올해 5월 다시 찾은 몽골 밤하늘에서 내 머리 위로 흐르고 있는 별들의 강을 맞이했다. 꿈만 같은 광경이었다. 견우와 직녀는 보이지 않고 그 강을 헤매는 내 모습만 다가왔다 멀어졌다 반복했다.

"그만 잘까?"
익숙한 친구 목소리에 화들짝 놀라서 보니, 나는 하얀 그리움만 한 조각 움켜쥐고 서 있었다.

- 몽골 엘승타사르하이

박행빈 been0809@hanmail.net

ⓒ 길영심

지극히 이기적인 자신임을 알고 있다.
물질 만능 시대에 상처받지 않으려고 마음을 닫고
살아온 시간 때문이라고 핑계를 대본다.
나만의 틀에서 벗어나 자신을 내어놓고,
스스로 거듭나야 한다고 주문을 걸었지만 쉽지 않았다.
이번 작업은 참 좋은 기회였다.
난 뭔가를 꼭 얻지 않아도 굳이 변화하지 않아도 사진 찍기를 참 좋아한다.
봄이면 새순이 돋아 노란빛을 띤 연두색 초록에 행복하고,
여름이면 만개한 꽃들의 세상에 웃음 짓는다.
가을이면 울긋불긋 물든 단풍들의 향연이 즐겁고,
겨울이면 눈 내리는 새하얀 세상이 좋다.
비가 오면 여기저기 맺힌 빗방울이 좋고,
따사로운 햇살에 변하는 사물이 좋다.
걸으면서 발밑을 보고 하늘을 올려다보는 내가 좋고,
이 모든 것을 알 수 있게 해준 사진이 좋다.
시작할 때는 막연해서 못할 것 같았던 이 작업,
끝까지 달려올 수 있도록 격려해준 우리 팀원들에게 고맙다.
'친구 따라 강남 간다' 라는 말처럼, 함께하자 손잡아준 친구야 고맙다.
덕분에 내 맘 세상에 내어놓고, 행복한 세상을 알게 되었다오!

집으로
가는 길

오늘도 출구가 어딘지도 모르는
미로 속을 헤매며 눈물짓지만
해질녘이면 기다리는 가족이 있기에
오늘도 집으로 달려간다.

- 소래포구

어울림

살아 있어 무성하고,
죽어서 앙상한 모습이지만,
과거의 경험이 오늘의 삶이 되듯이
노을 진 언덕에서 둘이 함께
서로서로 어우러져
생명을 불어넣어 주니 조화롭네.

- 몽골

거울아
거울아

묻고 싶다.

내가 누군지,

왜 이렇게 분주하게 살고 있는지….

매일 내가 누군지를 인식하지도 못한 채

시간에 쫓기고 일상에 떠밀려 헤매는 나는 진정 누구일까?

어디를 향하여 무엇을 위하여 달려가는지,

그 방향을 잊고 헤매지만,

반복되고 끝없는 그 길 위에서

누구나 가장 빛나는 순간을 발견하리라….

- 강화 조양방직

몽골의
아침

문명을 멀리한다는 것은 우리들의 일상이 조금 불편해진다는 것이다. 어렴풋이 잠에서 깬 후 30미터 떨어진 화장실까지 움직이는 시간을 최대한 미루다 게르를 나서는데, 으~~아 밤사이 기온 차로 서리가 내렸다. 발걸음을 옮길 때마다 이슬과 모래흙이 덕지덕지 신발에 엉켜 붙어서 키 높이 굽을 만들어 준다.

모래흙을 털고 일을 마친 후 문을 나서는데 내 눈에 들어온 광경은 뭐지? 해돋이를 본다는 것은 아침잠이 많은 내게 전무후무한 일로 가슴이 뜨거워지고 심장이 쿵쿵 나댄다. 카메라에 담고 싶었지만 자연의 선물은 금방 소멸됨을 알기에 그저 바라본다. 오늘 아침 불편함을 투정한 자신을 돌아보며 시작할 힘을 받으려고 떠오르는 태양에게 이런저런 일들을 빌어본다. 어쩜 산다는 것은 많은 바람을 가지기보다는 뜻하지 않은 오늘을 기억하며 세상이 늘 나와 함께한다는 사실에 감사하는 것일 텐데….

- 몽골

어느 별에서 왔니?

어느 날 세상에 둘이 남겨졌기에 이겨내야 했다. 공부를 잘해주면 좋겠지만 건강하니 더는 욕심을 부리지 말아야지. 자신이 하고 싶은 일을 하며 성실하고 씩씩하게 살아가면 그만이지. 여자들은 가끔 억울할 때 울음을 터트리지. 그래서 어린 너에게 울지도 말라고 그리 모질게 굴었나 보다. 사실은 내가 어린 너와 살아갈 세상을 너무 무서워해서 그랬단다. 그래도 언제나 웃으며 "박여사~~ 사랑해!"라고 말해줬었지.

아침잠이 많아 새벽 출근이 잦은 너에게 아침도 챙겨주지 못한 나한테 "복도에 불도 안 켜지고 어두컴컴한 계단을, 혹여나 넘어질까 조심스레 후레쉬를 켜고 내려가는 내 모습을 님은 알까?"라는 톡을 보내서 미소지으며 하루를 시작하게도 해주었지. 좋은 친구로 내게 와주어서 고맙고 사랑해. 함께할 남은 시간도 좋은 인연 만들어가며 오늘도 잘 살아보자.

- 제주도

Are you ok?

처음으로 어미 품에서 떨어졌을 터인데,
신나서 호기심이 가득한 눈으로 장터를 구경하는 너를 어쩌니?
세상으로 나가고 싶은지, 어미 품으로 돌아올 수는 있을지….
너의 눈망울을 보니 그저 짠하여,
다 잘 될거야 잘 될거야 되뇌고 있네.

- 정선

봄밤

봄이면 언제나 '바람났네' 라는 말을 들을 정도로
유난히 마음이 싱숭생숭하다.
감정이 시시각각 변하면서 들썩이곤 한다.
다들 이 봄이 나와 같은지, 지인들이 번개로 모이자네.
조명을 받은 공원에 만개한 벚꽃은 더욱 봄밤에 취하게 한다.
내가 기댈 수 있는, 무조건 내 편 들어주는 사람을 만들어나 줄라나?

- 분당

잘 살고 있지?

우리네 시골집은 이제는 곳곳이 빈집 투성이다.
사람이 살지 않는 집은 금방 망가져버린다.
문짝은 떨어져 나가고,
마당의 소중한 장독들은 주인을 잃고 덩그러니 버려져 있네.
떠나간 그대들이여,
두고 온 것들을 기억하고 추억하며 오늘 하루도 즐겁게 시작해 보아요.
'그냥 그런 거야' 하고 살다 보면 내일은 행복하게 잘 살고 있겠지요.

- 양평

길잡이

아이는 집 욕조를 벗어나 태어나 처음으로 수영장을 만났으리라.
많은 사람과 수영장 크기에 두려워하는 것이
아이 얼굴에 그대로 드러나 있네.
아빠가 입 맞추고 꼭 안아주며 물에 대한
아이의 두려움을 설렘으로 바꾸어주니 아이는 환하게 웃네.
부모의 역할은 아이에게 특별한 것을 해주는 것이 아니고
따스한 마음과 할 수 있다는 믿음을 심어주는 길잡이가 되어주는 것이네.

- 하와이

2018년 여름

습하고 더운 기운은 가마솥을 방불케 하고,
햇볕은 쨍하다 못해 너무 뜨거워서
너마저도 변색이 되었구나.

- 용인

할머니의
사랑

사진을 찍는다며 마을을 어슬렁거리다
화단에 이끌려 마당에 들어서니 단장을 마친 고무신이
방학에 내려올 손주들을 기다리고 있네.
마루 평상 위엔 붉은 고추가 잘 닦어서
반짝이며 나란히 나란히 누워 있네.
할머니는 손주들에게 좋은 것만 주고 먹이려고
정성을 다해 땀을 흘리며 농사를 지으시니,
그 사랑이 듬뿍 담긴 고춧가루가 곱지 않을 수 있겠는가?
김치가 맛이 없을 수 있겠는가?

- 영주 무섬마을

방앗잎

어릴 때 할머니가 끓여주신 된장찌개에서는 강하고 진한 향기가 났다.
그 향기에 이끌려 나는 된장찌개를 맛나게 먹었고,
어른이 되어서야 그 이름을 알게 되었네.
강한 향기가 나서 토종 허브로 알려져 있는 이 풀은
강하고 짙은 향으로 호불호가 갈린다.
향이 짙어서 경상도 지역에서는
비린내를 없애는 향신채로 이용되기도 한다.
어린 시절엔 야채는 물론이고 김치도 안 먹었는데,
내가 어찌 방앗잎을 거부감 없이 먹었는지 지금 생각해도 신기한 일이다.
할머니 덕에 지구촌 어디를 가더라도 향신료 때문에
음식을 못 먹어 본 적이 없다.
저리도 예쁜 방앗잎의 보라색이 겹겹이 자줏빛을 드러내니
여물어 고개 숙인 벼와 함께 완연한 가을 들녘을 수놓네.

- 함양

비상(飛上)

변화를 바라는 것이었을까?

진정 변화할 수 있을까?

나를 찾기 위해서라고 하지만 어쩌면 그 모든 것들은 거짓이 아닐까?

새로움보다는 그저 지금처럼 익숙하고 정해진

나의 울타리가 지켜지기만 바라는 것은 아니었을까?

지금까지의 나를 바꿀 수는 없지만,

과거의 나를 사랑하며 현재의 나에 대한 조리개를 활짝 열고

매일 한 걸음 한 걸음씩 세상 속으로….

- 철원

여전히 맑음!

눈물이 왈칵 흐르기 시작했다.

갑자기 들이닥친 아버지의 죽음 앞에서

장례식 내내 울지 못하다가 장례식이 끝나고

일주일이나 지나서야 펑펑 울던 그때처럼,

새벽녘까지 갇혀 있던 눈물을 쏟아내며 잠에 들었다.

눈물에 이유는 없다.

혼자 계획하고 혼자 고민하고 혼자 결정하고

뭐든 혼자 했던 나를 세상에 내어놓아야 한다.

솜씨 없는 글을 쓰면서 언제나 스스로 다독이며 걸어온

힘들었던 시간을 돌아본다.

스스로 위로 받고 치유 받네.

오늘은 더 나아지고 내일은 더 즐거울 것이기에 여전히 맑음!

- 남이섬

소원을
말해봐

우리는 살아가며 크고 작은 소원을 매일 매일 빈다.
공부 잘해서 좋은 대학 가게, 졸업하면 좋은 곳에 취직하게,
좋은 배우자를 만나게, 돈 많이 벌어 부자되게….
소소한 일상부터 그때그때 시간에 따른 많은 소원들.
이제는 알고 있네.
소원은 비는 것만으로 끝나는 것이 아니라
이루기 위해 노력해야 한다는 것을.
난 아직도 보름달이 뜨면 달님 달님 하고,
산길에서 돌무더기를 만나면 작은 돌을 집어 올리고,
여행지에서 상징물을 만나면 동전 한 닢 묶어두고,
건강하고 따스한 사람으로 가족과 함께 살아가기를 비나이다 비나이다.

- 일본

들여다보기

매일 행복한 사람도 없고 매일 불행한 사람도 없다.
즐거울 때도 힘겨울 때도 괴로울 때도 기쁨이 벅차오를 때도
이유 없이 울 때도 피식 혼자 웃을 때도 그냥 고마울 때도
화가 나서 미칠 때도 욕이 튀어나올 때도
꾹 참고 타인과 어울려야 할 때도 설렐 때도 사랑하고 싶을 때도
우리는 자신의 아픔과 상처를 치유 받기 위해
관음증 환자가 되어 타인을 훔쳐보거나 들여다보는 일상을
매일 반복하고 있다.

- 일본

오체투지

양 무릎과 양 팔꿈치 그리고 이마.
몸의 다섯 곳이 땅에 닿도록 절을 하며 예를 올리네.
세상의 가장 낮은 곳에 자신을 두고,
모든 것을 비우고 살아가는 삶을 기원하며,
옴 마니 반메 훔 옴 마니 반메 훔.

- 몽골

이유(理由)

낯선 곳에 대한 기대와 일상에서 벗어났다는 해방감과
이국적인 풍경에 대한 감동과 새로운 맛난 음식을 먹은 감상.
나를 만나고 다른 곳으로 가기 위해서,
때론 돌아가기 위해서.
시작도 중간도 길이 되지만,
이 길 끝에는 무엇이 있는지 궁금하여
설렘 안고 오늘 또 가방을 쌉니다.

- 미국

늦은
가을이다

늦었다는 건 지나가서 돌이킬 수 없다는 것이네.
소중한 모든 것은 잠시 눈감는 순간에도 사라지기에
이 계절의 무엇 하나도 소홀히 할 수 없네.
일 년 중 가장 짧고 아름다운 시간.
가을이다.

- 안성

잘하고 있어!

힘들지? 잘하고 있네.
그렇게 느리더라도
천천히 한 걸음 한 걸음씩 앞으로 가는 거야.

- 다낭

잊혀졌을까
사라졌을까

내 어린 시절에는 공 하나,
다섯 알의 공기돌,
한 가닥의 고무줄이면 좋았고,
흙바닥에 줄을 그으며 하는 땅따먹기에 시간 가는 줄도 몰랐네.
땅거미가 질 때쯤 여기저기서 들려오던
엄마의 밥 먹으라는 소리에 다들 집으로 돌아갔네.
이렇게 당시 동네에는 아이들의 웃음소리가
넘쳐나는 시간이 존재했었네.
그 시절보다 풍요로워졌지만,
잘 꾸며진 놀이터에는 아이도, 웃음소리도 없다.
우리 어른들이 물질 만능의 삶이 좋은 것이라며
곳곳에 넘쳐나던 그 웃음소리를
사라지게 한 것은 아니었으면 좋겠네.

- 페루

선물

붉은 보자기가 주렁주렁 열렸네.
사진을 찍으러 나가는 것은 오늘도 받을 선물이 많다는 것을 의미한다.
좋은 사람들을 만나서 좋고,
같이 보고 함께 느끼니 더 좋고,
오늘 만날 세상은 어떠한지 마냥 좋기만 하다.
나는 받은 선물들을 주변에 나누어줄 수 있는 사람으로 살고 싶네.
받는 것에만 익숙해져 편협해지지 말고,
주는 것에 인색하고 아쉬워하지 말고,
베풀 수 있음에 감사하는 마음을 갖고 살고 싶네.

- 곡성

아침이슬

나를 지키려고 상대에게 주는 이기심의 무게는 얼마나 될까?
상대를 생각하지 않고 나만을 이해하고 배려하고
알아주고 받아달라고 하진 않았는지.
난감해하는 나를 영롱한 반짝임으로 위로해주길.
많은 것을 소유하기보다는 많은 것에 함유되어 살길 바라네.

- 성남

홀로서기

칭찬해주는 사람도 없이
많은 시행착오를 겪었던 힘들었던 시간 속에
나보다 더 힘든 사람이 있다고 해서
내가 힘들지 않았던 것은 아니다.
스스로 다독이며 나를 책임질 수 있을 때까지
더 열심히 살아야지.

- 안성

멍 때리기

아무 생각 없이 넋을 놓아보네.
무엇을 그리워하거나 회상하는 것도,
정면으로 바라보는 것도,
무언가를 하는 것도,
무언가를 하지 않는 것도 아닌 채로
멍 때리며 넋을 놓아보네.

- 노르웨이

손흥자 palomira@naver.com

prologue

가정이란 성을 만들어놓고 성 밖은 거의 모르고 살았다.
아니 쳐다보지 않았다.
내가 없이는 안 될 거라고 오만을 부리며 살았던
지난 세월이 착각임을 느낄 즈음,
너무나 작고도 초라하게 변해버린 내 모습을 보았다.
이제사 갱년기를 앞세워서 일탈을 꿈꾼다.
울타리 밖으로 한 걸음 내딛어본다.
아, 새로운 세상이 있구나.

갈 길을 다 알면서 왜 발걸음을 떼지 못하는가.
그토록 간절히 원하면서 왜 말하지 못하는가.
그렇게 아픈데 왜 치유하지 않는가.

- 2019년 9월

여인

빨래하는 아낙을 만났다. 모습이 보기 좋아 사진 하나 찍어도 되겠냐는 물음에
미소까지 보여준다. 살림하는 아낙의 정겨움이 느껴진다. 옆에서 구경하던 아
낙의 아들이 나에게 찍은 사진을 보여 달라고 한다. 그는 엄지를 내밀어보이고
는 아낙에게 말을 한다. 그가 내게 말했듯, 사진이 엄마랑 똑같다는 말일 게다.
아들의 말에 아낙의 손이 바쁘게 움직이더니, 자신도 보여 달라 한다. 아낙은 카
메라에 찍힌 자신의 모습에 손사래를 친다. 아들은 장난기 있게 웃으며 엄마랑
똑같다고 계속 말한다. 아낙은 이게 아니라고, 다시 찍으란다. 왜, 왜? 에구, 이건
또 뭔 일이래. 그들도 내말을 못 알아듣는다. 이번엔 상반신만 찍어 보여준다.
아까께 더 난데, 나도 혼잣말로 중얼거린다. 카메라를 들여다본 아낙은 웃으며
또 힌디어로 뭐라 하고는 다시 자리 잡고 앉아 빨래를 한다.
아들이 내게 전해준다. 엄마가 사진이 마음에 든다고, 좋다고 한단다. 아낙과 나
는 서로 자기 나라의 말을 하고 있었다. 그렇지만 그 순간 나는 그 아낙의 마음
이 느껴졌다. 아마도 아낙은 자신을 여인으로 봐주기를 더 원했던 것 같다. 낯선
이방인에게 구정물에 손 담그고 빨래하는 모습보다는, 그래도 예쁜 여인의 모습
을 남겨주고 싶었던 게다. 다 똑같다. 탱큐 하며 걸어가는 나에게 그녀 또한 손
을 흔들며 인사해준다.

- 인도

꽃

우리가 뭉치면

.

.

.

꽃이다.

- 속초

내 모습

내 눈 속에 그들이 있다.
웃고 있는 모습이 환해 보인다.
보기 좋다.

그들의 눈 속에도 내가 있다.
그들의 눈 속에서 나는 어떤 모습일까?

- 인도

여행

이번엔 어떤 느낌일까?
그곳에선 무엇이 나를 기다리고 있을까?
가슴 뛰게 설렐 때가 많았다.
기대를 가득 안고 이사 가듯이 가방을 챙겼다.
힘들고 피곤하더라도, 직접 가서 눈으로 보고, 만지고,
확인하고, 인증까지 하는 것이 기본이었다.

이젠 그냥
집을 나서는 것이 좋다.
무작정 발 닿는 곳에서 그곳을 즐기는 게 좋다.
몸과 마음을 늘어뜨린 채 여유를 즐기는 게 좋다.
파란 하늘에 둥실 떠 있고도 싶다.

- 볼리비아 우유니 사막(위), 리오 데 자네이루(아래)

179

찔레꽃

해외에 살고 있어서인지,
한창 향수병에 시달리며 한국의 '한' 자만 들어가도
무조건 시선이 꽂히던 시절이 있었다.
우연히 장사익 음악회에 갔다.
그때 들었던 '찔레꽃'은 아주 웅장하고 우렁찼다.
강렬한 인상이 남았었다.
그러고는 한참을 잊고 살았는데.
오늘 양평에서 어머님의 모습과 함께 듣는 찔레꽃…
이렇게 가슴 아리게 애절할 수 있을까.
영상 속 어머님의 애잔한 모습에서
나의 모습을 되돌아볼 시간을 찾는다.

제대로 잘 사는 것이 가장 효과적인 설득이다.

- 제주도

빗방울

부딪히고
흐르고
떨어지는 방울들
슬퍼하는 내 마음…

- 통영

욕심

결코 흔하지 않은 기회, 뜻밖의 기회가 찾아왔다.
이 찬스를 잡아야 하나, 버려야 하나.
언제 다시 올지 모른다는 점이 나를 흔들었다.
준비도 정리도 되지 않은 상태에서의 갈등과 망설임은,
두려움은, 장마철 강물에 휩쓸리듯 욕심 쪽으로 쏠려갔다.
무작정 따라나선 이 길, 예기치 않게 만난 이 상황에서
무슨 표현을 어떻게 해야 할까.
무언가를 꼭 해야만 한다면 그 일에서 즐거움을 찾아야 한다.
하지만, 일에 애착을 갖는다 해도 그 일을 수행할 능력은
또 다른 문제인 것 같다. 나 스스로 즐기는 시간으로 만들어야 한다.
일을 같이하는 이들과 서로의 마음을 나누고 정을 주고받은 이 시간과,
이 소중한 인연을 가슴속 깊이 간직할 것이다.
나의 곁에 함께 있어 준 모두 덕분에, 많이 모자라고 부족하더라도
새로운 세상에 한 걸음 더 내딛어 본다.

일상의 스케줄에서 벗어나 나를 만나고
낯선 세상을 즐기는 것도 필요하다.

- 리투아니아 십자가 언덕

여명

예쁘다, 예쁘다 했더니
진짜 예뻐졌구나.

- 소래습지

날마다

비가 오면 비에 씻긴 깨끗함이 좋고,
눈이 오면 눈에 덮인 포근함이 좋다.

해가 뜨는 여명 땐 가슴 벅차게 아름다워 좋고,
해가 지는 노을 땐 가슴 멍하게 고와서 좋다.

날마다 날마다 그대로의 모습을 바라다본다.
그렇게 그렇게 세월을 받아들인다.

문제를 안고 현재를 살아라.
그러면 어느 먼 훗날 나도 모르게 답을 지니고 살 날이 올 것이다.

- 러시아 상트페테르부르크(위), 한강(아래)

HAVE A NICE DAY

해무리는 햇빛이 대기 속 수증기에서 굴절되어
태양 주변으로 둥근 원 모양이 생기는 현상으로,
태양 주변에서 무지개 형태의 원형 빛깔이 보이는 것이란다.
해무리를 본 사람은 좋은 하루를 보낼 것이라는 행운의 이야기가 있다.
또 그가 결코 죽지 않는다는,
영원불멸을 상징한다는 이야기도 있다.

지금 이 순간부터 모두들 기분 좋은 시간이 되시길 바랍니다.

- 삽교호 놀이공원

청춘

태양을 맞이한다.
한참을 들여다본다.
머무르고 담아보려고 애써본다.

- 헝가리 부다페스트

소확행

매일같이 해야 하는 자질구레한 집안일들.
그것들은 하루쯤, 혹은 며칠은 내버려둬도 괜찮을 것이다.
생활을 하다 보면 어쩔 수 없이 주변이 너저분해질 수밖에 없지 않은가.
바쁜 일상을 잠시 멈추고 가족과 함께 식사를 하고,
아이들과 함께하는 시간을 가진다면
이 보다 더한 소확행은 없을 것이다.

- 용인 애버랜드

카니발

삼바축제는 2월말부터 3월초까지 열린다. 삼바는 앙골라의 셈바semba 에서 유래했다. 셈바는 배꼽을 만지는 것으로, 춤을 청한다는 의미가 있다. 삼바축제의 주인공은 에스콜라escola라고 불리는 삼바스쿨이다. 카니발은 경연대회의 성격을 가지고 있기 때문에 삼바스쿨 사이에서의 경쟁이 치열하다.

최고의 삼바스쿨로 선정되는 에스콜라는 상당한 상금을 받는다고 한다. 삼바스쿨은 전 세계인들 앞에서 일 년 동안 갈고 닦은 멋진 퍼포먼스를 보인다. 카니발에서 열리는 단 하루의 퍼레이드를 위해 존재한다. 이 한 번의 행진을 위해 엄청난 노력과 수고와 자금이 동원되는 것이다. 축제의 하이라이트는 각 지역의 삼바스쿨이 펼치는 삼바 퍼레이드다. 지역 예선을 거쳐 본선에 진출한 참가자들이 삼보드로모의 800m 구간을 행진한다.

삼바퍼레이드는 기상천외한 아이디어로 연출된 퍼레이드의 총집합이다. 이날을 위해 일 년간 연습한 삼바댄서들은 형형색색의 화려한 의상과 모자로 한껏 치장한 채 현란한 몸짓을 뿜낸다. 눈앞에 펼쳐지는 행렬과 야광 빛이 번쩍이며 등장하는 갖가지 주제의 공연이 가슴을 뛰게 한다. 이런 구경은 생전 처음이다.

그들은 퍼레이드를 끝낸 후 성취감을 느낄 것이다. 그러나 그들의 얼굴은 땀으로 세수한 듯하고, 그들의 발은 굳은살과 진물, 피로 힘들어한다. 퉁퉁 부어오른 발이 너무 아파 어찌할 바를 몰라 하던 참가자의 표정이 눈에 선하다.

- 브라질

연

진흙 속에서 자라면서도 청결하며 고귀하게 핀 꽃처럼
부드럽고 인자하게, 보고 있으면 마음이 온화하게
이젠 세월이 흘러 나잇값이라도 해야 하는데.
흉내라도 내보면 좋으련만…
그냥 그냥 그렇게 살다가 보내는 것인가

나는 신발이 없음을 한탄했는데,
발이 없는 사람을 거리에서 만났다.

- 양평 세미원

을지로

명태는 변화무쌍하다.

말리지도 얼리지도 않은 그대로의 생태,

그리고 북어, 코다리, 동태, 황태, 먹태,

한 달 동안만 천막을 치고 건조시킨 짝태,

내장을 빼지 않고 통째 만든 황태는 봉태,

애태, 골태, 망태 등 그 이외에 생소한 명칭도 많다.

그 중 어린 생태를 말린 것이 노가리인데,

요즘 을지로의 핫플레이스가 노가리 골목이다.

고된 하루를 보낸 후, 저녁나절에 삼삼오오 모여앉아

시원한 생맥주 한잔에 노가리를 뜯으면서 노가리를 까는 곳이란다.

피곤한 심신을 달래며 지나간 청춘을 느끼고 싶다면 가볼 만한 곳 같다.

- 을지로 노가리 골목

프라하
광장에서

조명이 켜진 프라하는 관광객들로 포화 상태였다.

광장은 유럽 문화의 아주 중요한 요소다.
구소련이 무력으로 체코를 침공할 때 탱크가 진격한 곳이다.
공산주의를 벗어나고자 하는 운동이 있었던 곳이다.
그렇기에 더 유명한 곳이 되었다.
특히 이곳 프라하 구시가지 광장이 유명하다.
여기에는 탄Tyn 성당과 1410년에 만들어져 무려 600년이 넘은
천문 시계가 있어 한층 유명세를 더한다.
틴 성당은 우뚝 솟은 꼭대기가 금빛으로 빛나는 80m 높이의 쌍탑으로,
매우 인상적인 고딕 양식의 건축물이다.
주변의 건물 색과 대조적인 검은 빛을 내보이며 그 역사를 자랑한다.
밤에는 화려한 불빛과 많은 사람들이 어우러져 더욱 아름답게 빛난다.

탁 트인 광장 주위의 환경과 곳곳에서 볼 수 있는 역사적 건축물,
시간을 뛰어넘어 이어지는 사람들의 체온을 느끼면서,
모두들 한껏 지금을 즐기고 있다.

- 체코 프라하

비 오는 오후

비 오는 오후
진한 커피향이 가득하다.

비 오는 오후
개구쟁이 아이들이 물을 첨벙이며 신나하는 모습이 눈에 아른하다.

비 오는 오후
빈대떡 부치는 기름 냄새가 온 동네에 퍼져 코를 간질인다.

비 오는 오후
걸쭉하면서 달치근하고 시금한 막걸리 냄새에 군침이 돈다.

비 오는 오후
놋대야에 떨어지는 낙수 소리가 쨍하게 귓가를 맴돈다.

비 오는 오후
진한 커피향 속에 그때를 담아본다.

- 수원 소다미술관

사진

그는 아마존 강에서 악어 잡는 걸 보여주는 파트타임 가이드다. 해가 진 아마존 강에는 순식간에 칠흑 같은 어둠이 내린다. 주로 밤에 활동하는 악어를 보려고 배를 타고 나왔다. 악어는 작은 소리에도 몸을 감추기 때문에 숨소리조차도 죽여야 했다. 눈이 불빛을 받아 붉게 변하면 악어를 잡는다고 한다. 그도 숨을 죽이고 작은 조명을 켰다. 한참의 정적이 흘렀다. 그가 갑자기 물속으로 뛰어들더니, 작은 새끼 악어 한 마리를 들고 배로 올라왔다.

그는 악어에 대한 설명을 한참 하고 나서 내 손에 새끼 악어를 들려주었다. 그리고 사진 찍는 것도 도와주었다. 새끼 악어를 가까이서 보고, 만져볼 수 있는 기회였다. 가까이서 보니 더 신기하고, 귀엽기까지 했다. 수고해 준 그와도 함께 한 장 찰칵….

멋있고 잘 생겼다는 내 말에, 그는 여러 사람과 같이 사진을 찍었지만 사진을 보내주는 사람이 없어서 정작 본인은 자신의 사진이 없다고 한다. 이번엔 내가 꼭 보내주겠다고 하고 다시 한 장 찰칵….

숙소로 돌아와 그에게 사진을 보냈다. 여러 차례 시도를 했지만, 그가 가지고 있는 폰의 용량이 작아 이메일로도 SNS로도 받을 수 없다고 메시지가 되돌아온다. 어쩌나. 그러고는 여행 일정이 끝나 집에 돌아왔다. 다음에 아마존 강에 가게 되면 꼭 액자에 사진을 담아서 전해줘야지 했는데 아직까지도 못 가고 있다. 이번 기회에 약속을 못 지켰던 그때의 미안한 마음을 다시 한번 담아 본다. 새끼 악어는 당연히 풀어주었답니다!!!

- 브라질

날씨

오후 들어서 아침엔 맑게 개어 있던 하늘에 구름이 낀다. 구름은 하늘 저 멀리서
부터 시커멓게 변해간다. 구름과 빗줄기 기둥은 한 몸이 되어 순식간에 장대비로
변한다. 멀리에서도 비가 쏟아져 내리는 게 보인다. 그렇게 내리는 비를 보면서
곧 우리 집에도 비가 오겠구나 생각을 한다. 비가 오는 모습이 한국과 달라 때론
놀라기도 하지만, 점점 익숙해져 간다.

한낮에 내리는 폭우는 서울의 장맛비를 연상케 한다. 하루 종일 쉴 줄 모르고 내
리는 한국의 장맛비는 아주 가끔은 마음을 우울하게 한다. 하지만 한 시간 남짓
내리고 파란 하늘을 보이는 이곳의 한낮 폭우는 차라리 청량함을 선사해 준다.

빗줄기가 점점 다가온다. 천둥에 번개까지 한차례 소란을 피우고 있다. 하늘이라
도 쪼개놓을 듯이 요란스럽게 내리던 비가 그치고, 언제 그랬냐는 듯 멀리서부터
석양빛이 물들어 온다. 한낮의 후끈했던 기운을 가라앉힌다. 하늘도 석양에 저물
어 간다. 빗방울 자국을 모두 지워버린 수영장은 노을을 비춰낸다. 비 개인 저녁
은 상큼한 풀 내음과 촉촉한 잔디의 촉감으로 타향살이 하루의 고단함을 잊게 감
싸준다.

- 브라질

8월 어느 날

잠은 근심을 잊게 하고, 아픔을 잊게 하고, 자는 동안만이라도 슬픔을 잊게 한다. 잠이 없었다면 우리는 모두 정신병자가 되었을 것이다.

온몸에 열이 난다. 갈증도 심하다. 물을 마셔도, 물이 목 줄기를 넘어가도 입 안에선 갈증을 느낀다. 자고 나면 머릿속이 맑아지려나. 한차례 병원을 다녀온 것 외에는 시체놀이 하듯이 잔다. 연이어 나흘을 잤다. 머리가 멍하다. 손끝이 날아간다. 아무 생각 없이 멍한데 복잡하다. 이틀을 더 자고 두 번째 링거를 맞았다. 온몸이 아프다. 어서 지나가라. 어떤 것도 영원하지는 않다. 새로운 날이 오고, 새로운 계절이 온다.

하루가 시작될 때마다 사람들은 매일 다른 변화를 시작한다. 내가 아파서 자고 있던 엿새 동안에도 다른 이들은 매일 변화했을 것이다. 옷깃만 스쳐도 인연이란다. 짧은 인연이라도 소중하다.

산호珊瑚와 진주眞珠는 나의 소원이었다. 그러나 산호와 진주는 바다 속 깊디 깊은 어느 곳에 있다. 파도는 언제나 거세고 바다 밑은 무섭다. 나는 수평선 멀리 나가지도 못한다. 잠수복을 입는다는 것은 감히 상상도 못할 일이다. 나는 고작 양복바지를 말아 올리고 거닐면서 젖은 모래 위에 있는 조가비와 조약돌을 줍는다. 주웠다가도 헤뜨려버릴 것들, 그것들을 모아 두었다.

내가 찾아서 내가 주워 모은 것들이기에, 때로는 가엾기도 하고 때로는 고운 빛을 발하는 것 같기도 하다. 산호와 진주가 나의 소원이다. 그러나 이 소원은 성취될 수 없는 일이다. 엄마가 그리 예쁘지 않은 아기에게 예쁜 이름을 지어 주듯이, 나는 나의 이 조약돌과 조가비를 '산호와 진주'라 부르련다.

- 서울 남산

피천득 〈인연〉
서문에서

어리석은 사람은 인연을 만나도 인연인 줄 알지 못하고,
보통 사람들은 인연인 줄 알아도 그것을 살리지 못하고,
현명한 사람은 옷자락만 스쳐도 인연을 살릴 줄 안다.

- 오스트리아 잘츠부르크

성 베드로 광장

이탈리아 여행은 다른 유럽 국가 여행과 사뭇 다른 느낌이 든다. 학창시절부터 배워온 그 유명한 로마와 가톨릭의 역사가 있는 곳이기 때문이다. 광장은 전 세계에서 방문하는 관광객과 가톨릭 신자들로 늘 분주하다.

베드로 성당의 규모에 놀란다. 곳곳에 있는 조각과 명화도 압권이다. 벽과 기둥, 바닥, 천장, 그 어느 곳도 예술적 가치가 뛰어나다. 성당 꼭대기로 올라가 그곳에서 내려다보는 베드로 광장을 느껴본다. 광장 한가운데 우뚝 솟아 있는 오벨리스크, 타원형으로 양쪽으로 늘어선 회랑과 테라스를 떠 받쳐 주고 있는 도리스 양식의 기둥들…. 그 위에 각기 다른 성인들의 조각상이 각자의 개성을 잘 표현하고 있다.

넓은 광장은 크다는 느낌만 있었다. 그러나 성당의 옥상에서 보니 균형이 잘 잡혀 있다. 설계자인 Giovanni Lorenzo Bernini의 천재성에 감탄할 뿐이다. 12년에 걸쳐 광장을 건축한 그 당시 사람들의 섬세함과 노력, 그리고 경외敬畏로운 신앙심을 느껴본다.

- 이탈리아 로마

석양

강화 나들길 중에 강화도 주변의 섬을 걷는 코스가 있다. 바로 주문도와 볼음도다. 이 두 섬은 강화도 외포리 여객터미널에서 배를 타고 들어가야 한다. 서해의 특성상 만조일 때만 배를 접안하기 때문에 정기 운행 페리도 이에 맞추어 운항한다.

10월의 마지막 날, 아침 9시에 배가 출발할 예정이었다. 그 전날 외포리에 도착하여 하룻밤을 자야 했다. 일찌감치 짐을 챙기고, 점심거리도 미리 준비하여 배에 올랐다. 배는 볼음도를 거쳐 주문도에 이르러 모든 여행객과 주민들을 내려놓았다. 주문도에 내려서 나들길 코스를 걷고, 다시 강화 외포리로 돌아가는 배편을 이용하여 볼음도에 도착했다. 오후 5시경, 섬을 한 바퀴 도는 볼음도 트레킹을 마쳤다. 어제 저녁부터 빠듯하게 움직여서 이 코스를 마무리하고 나니 긴장이 풀린다.

저녁 식사 전에 다시 볼음도 포구로 나가 보았다. 너무나도 붉게 변해가는 석양이 매 순간순간 다른 모습으로 다가온다. 어느 때보다 더욱 아름다워 보인다. 장관이다. 완주한 나에게 주는 시간과 공간의 선물 같다. 자연이 주는 선물에 너무나도 큰 감사를 느낀다.

- 볼음도

남한산성에서

조선의 역사 속에서 남한산성은 치욕의 상징이었을까?
청나라가 조선을 침공하자 인조가 피난을 갔던 곳이니까….

높은 지역에 성곽을 쌓고 그곳에서 생활을 할 수 있도록 한 남한산성은 제2의 한
양이었다. 지나간 과거의 아픈 흔적은 우리에게 교훈을 남긴다. 그런 남한산성은
이제 세계 문화유산으로 등재되어 그 가치를 인정받게 되었다.

5월초, 봄이 그 화창함을 뽐낼 때 남한산성에 올랐다. 산성 입구에 위치한 자화문
에는 수령을 자랑하는 여러 그루의 느티나무가 있다. 그 중에 이 나무는 유독 잔
가지 없이 하늘 높이 솟아 있다. 역사의 흐름을 온몸에 담고, 그 끝에 봄의 푸르름
을 내뿜고 있다. 나무는 이번 봄에도 남한산성을 이렇게 잘 지켜내고 있다고, 이
곳을 지나가는 수많은 관광객과 등산객들에게 속삭인다.

- 남한산성

다섯 번째 이야기   신미식   blog.naver.com/sapawind
www.facebook.com/MISIG.SHIN
sapawind@naver.com

prologue

'함께'라는 짧고 명쾌한 단어만큼 사람을 위로하는 말이 또 있을까? 이번에 포토에세이 출판 작업을 함께한 사람들과의 인연에 대해 많은 생각을 했다. 타인과의 작업은 여러 가지로 생각이 많아지기 마련이다. 내가 알 수 없는 이들의 생각을 찾아내는 일은 결코 쉽지 않지만, 그 속에서 얻어지는 소중한 경험들은 나를 한 단계 성장시키는 계기가 되었다.

나는 사진을 찍는다는 표현보다는 담는다는 표현을 좋아한다. 30여 년에 걸쳐 촬영된 사진들은 나만의 지워지지 않는 기억 장치를 통해 한 컷 한 컷 켜켜이 쌓여 있다. 내가 만난 피사체의 생명력이 카메라에 고스란히 들어와 저장될 때의 희열과 감동은 사진이 주는 최고의 선물이다. 아무리 오랜 시간이 지나도 지워지지 않는 사진, 그런 사진들을 통해 나는 성장해 간다.

나에게 주어진 상황에 멈추지 않고 나의 길을 갈 때 스스로 위로를 얻는다. 가장 나답게 살아가는 일을 발견한 그 순간부터 지금까지, 오직 한 길만을 걸을 수 있었던 그 진심이 한 장의 사진과 글로 세상에 나올 때 나는 스스로 살아가는 이유를 찾는다. 사진은 단순히 기록을 남기려는 목적을 넘어서 삶의 목적을 더할 때 깊어진다.

나는 오랜 세월 동안 사진을 찍기 위해 길을 나섰다. 카메라를 든 손이, 가방을 멘 그 어깨가 세상을 향해 나아갈 때 행복했다. 그렇기에 가능한 일이었다. 17년 전, 그렇게 촬영한 사진들에 내 생각을 담은 글을 붙이고 세상에 첫 선을 보였다. 그 첫 번째 책의 감격을 나는 지금도 잊을 수가 없다. 인쇄소에서 도착한 첫 번째 책을 손에 쥐었을 때의 행복감. 그 떨림은 내가 세상에서 경험한 최고의 선물이었다. 이번에 출간되는 책이 함께한 사람들에게도 그런 의미일 것이라 확신한다.

소년

나를 바라보던 너.
너를 바라보던 나.
사람이니까.
사랑이니까.

- 마다가스카르

바오밥 나무와 꽃

마다가스카르 모론다바에 있는 가장 오래된 바오밥 나무.
현지인들의 말에 따르면 대략 800년 정도 됐다고 한다.
지금은 마을을 지키는 신성한 존재로 인식되어서
가까이 가려면 신발을 벗고 가야 한다.
바오밥 나무 꽃은 개화 시기가 워낙 짧아
보기가 쉽지 않은데 운이 좋았다.
어쩌면 사람들에게 보이는 것을 부끄러워하는지도 모른다.
나무 크기에 비해 작고 소박한 꽃.
그래서 더 마음이 간다.

- 마다가스카르

1993년 스위스

지난 시간들을 돌아본다.
26년 전 처음 배낭여행을 떠났던 유럽.
모든 것이 낯설고 모든 것이 신비로웠던 시절.
지독한 외로움과 두려움이 몰려오던 그때.
그래도 그 당시의 열정이 참 아름다웠던 것 같다.
쓸쓸한 기차역 플랫폼에서 다음 열차를 기다리던 시간들.
지금 생각하면 마치 영화의 한 장면 같다는 생각이 든다.
내가 꿈을 꾸고 있는 걸까?
수없이 되뇌었던 여행.
그렇게 난 여행이 주는 모든 맛을 알아갔다.
그 당시 촬영한 필름 사진의 아련함은 또렷이 그날을 기록한다.
언젠가 다시 커다란 배낭을 짊어지고 그 길을 다시 떠나고 싶다.
그때 그랬던 것처럼.

- 스위스

석양에
마음을 뺏기다

경남 삼천포를 향해 차를 몰았다. 오랜만의 국내 여행으로 마음이 들떴던 아침,
지방을 내려갈수록 마치 고향 땅을 탐닉하는 듯 가슴이 울렁거렸다. 내가 나고
자란 땅이 이토록 아름다웠던가? 스스로에게 수없이 많은 질문을 해야 할 만큼
주변의 풍광들이 새삼스러우리만치 아름다웠다. 눈부시게 푸른 산과 들, 파란
하늘, 그리고 이를 포함한 눈에 보이는 모든 것들이 좋았다. 생각해보면 나는 참
많은 것을 놓치고 살았던 것 같다. 그것도 가장 가까이에서 접할 수 있는 우리의
소중한 멋과 자연들을 말이다. 그래서였을까? 천천히 운전대를 잡고 도로를 달
리며 바라보는 산하가 정겹게 다가온다.

몇 년 전 우연히 발견한 카페. 바다 위에 떠 있는 그 모습이 황홀했다. 그곳에 가고 싶었다. 그곳에서 차 한 잔 마시는 것이 이번 여행의 목적이었다. 어쩌면 그 먼 길을 떠나는 이유치고는 너무 시시할 것 같았지만 이렇게라도 떠날 수 있다는 그 사실만으로도 감사했다. 여행은 거창한 계획을 세우지 않았을 때 도리어 자유로워지는 것이 아닐까?

바다에 도착하니 해가 힘을 잃고 바다 속을 향해 들어가려 한다. 파랗던 하늘은 순식간에 붉은 빛으로 변한다. 바다를 바라보던 사람들은 하늘을 향해 감탄사를 연신 쏟아낸다. 하늘과 바다는 온통 붉게 물들고, 사람들은 그 바다에서 가장 아름답고 순수한 마음들을 표현하고 있다. 외마디 비명과도 같은 사람들의 감탄사는 신비로운 노래가 되어 허공에 울려 퍼진다. 그들의 웃음 머금은 환한 얼굴은 붉은 노을을 받아 수줍은 색시처럼 붉게 변해갔다. 저들도 나처럼 이곳을 오랫동안 마음에 담아뒀던 것일까? 나는 커피 한 잔을 마시고 싶어서 이곳에 왔는데, 그보다 더 귀한 선물을 받았다. 붉게 타는 석양 앞에서 겸손해지지 않는 사람이 있을까? 두 손 꼭 잡은 연인들은 그리 길지 않은 석양을 바라보며 그들만의 언어로 소중한 약속을 했을지도 모른다. 어쩌면 세상이 줄 수 없는 그들만의 귀한 약속. 나는 이 석양 앞에서 다시 이곳에 온다면 사랑을 하리라 마음먹었다. 그 마음이 언제까지 이어질지는 모르지만, 꼭 사랑이 온다면 이곳을 향해 달려오리라 다짐했다. 이미 사랑을 얻은 사람들에게서 느껴지던 그 에너지가 내게 전달되어서였는지 모르지만 그런 고백 하나쯤은 해야 할 것 같았다.

바다 위 카페에서 따뜻한 커피를 시켰다. 아직 다 사라지지 않은 노을을 보며 그리고 그 노을을 닮은 바다를 보며 참 잘 왔다고 내 스스로를 격려했다. 무작정 떠나왔던 여행, 그 여행의 마무리가 되어준 석양. 바람이 불지 않았는데 흔들렸던 내 감정의 간격. 어쩌면 흔들린 것은 내 마음이었던 것 같다. 석양이 그렇게 사람의 마음을 빨아들일 줄은 몰랐다.

- 경남 삼천포

뜨거운 오후

파란 하늘이, 빨간 컬러의 강렬함이
뜨거운 한낮의 오후를 대변한다.
우연히 풀밭에 누워 있다가 바라본 시선.

- 우간다

여명이
밝아올 때

여명이 밝아오기 전 아프리카의 도로를 달려본 적이 있는가?
나에게 이날은 참 특별했다.
너무나 짧은 시간에 너무나 많은 감정이 튀어나왔다.
그날 내가 메모한 한 줄의 문장.
"오늘 내가 여기 있다는 것만으로도 난 행복하다."
왜 그랬던 것일까? 왜 그런 기분이었던 것일까?
달리는 차 안에서 셔터를 눌렀다.
사진을 찍기엔 모든 조건이 부족했지만,
이 정도면 충분하다고 생각했다.

- 에티오피아

하라(Harrar)

사진을 찍다 보면 특별한 날이 있다.
빛이 생각보다 화려하게 들어오는 날.
빛에 컬러가 있다고 느껴지기도 한다.
눈에 보이는 것보다 더 화려한 색감이 돋보이는 날.
이날 역광으로 들어온 빛이 그랬다.
기분 좋았던 날.

- 에티오피아

바라보다

무심하게,
아무 생각 없이 시선을 마주친다.
무엇을 생각하고 있는 걸까?
당신은,
그리고 나는?

- 우간다

그날,
그 미소

1995년 스코틀랜드. 모든 것이 낯설고 모든 것이 신기했던 시절. 카메라에 담기는 모든 장면이 신비로웠다. 세상의 모든 외로움을 혼자 지고 여행하는 듯 착각에 빠져든 날. 우연히 카메라를 들고 한적한 곳을 걷고 있을 때 일하는 도중임에도 환한 미소를 보내준 남자. 가장 마음이 따뜻해지는 순간이었던 것 같다. 24년이란 시간이 지나도 그날의 장면들이 고스란히 떠오른다. 비록 한마디 말도 건네지 못하고 쑥스러운 미소로 인사를 대신했지만 그 미소가 얼마나 고마웠던지. 사진이 이래서 좋은 것인가 보다. 비록 화질도 엉망이고 초점도 나간 것 같은 한 장의 낡은 필름 사진이지만, 지난 시간을 고스란히 소환할 수 있다는 사실. 에딘버러, 다시 한번 꼭 가보고 싶은 곳이다. 모든 것이 멋스럽고 감성이 넘쳐났던 곳.

- 스코틀랜드 에딘버러

1993년 파리

1993년 프랑스 파리.
벌써 26년이란 세월이 흘렀다.
니콘 FM2 카메라로 남긴 사진.
그날의 감성과 기억들이 고스란히 담겨 있다.
처음 파리에 도착했을 때의 설렘과 두려움.
내 첫 여행의 시작이었다.
사진을 정리하는데 이 사진들이 나를 울컥하게 만든다.

- 프랑스 파리

킬리만자로

킬리만자로 마운틴.
언젠가는 꼭 한번 올라가 보고 싶었다.
그저 바라보는 것만으로도 심장이 쿵쾅거렸던 그곳.
운이 좋아야 정상을 볼 수 있다고 했다.
10년 전에는 구름에 가려 정상의 모습을 볼 수 없었다.
마음으로, 그리고 사진으로만 담을 수 있었다.
나는 저곳을 오를 수 있을까?
그날이 온다면….

- 케나

그날의 기억

이른 아침 아름다운 마다가스카르 농가의 아침.

그냥 말없이 한참을 바라본다.

뜨거운 감정이 온몸을 휘돌아 나갈 때까지 시선을 거둬들일 수가 없었다.

사진을 찍는다는 것은 그날의 나를 기록하는 것이다.

사진 안에는 분명 내가 있으니까.

돌아와 기억하는 그날의 시간 속에는

그날의 풍광을 바라보던 내가 있었으니까.

- 마다가스카르

사랑은

살아오면서 가슴 안에 품었던 사랑을
정리하지 못한다면 새로운 사랑은 거짓이다.
내 안의 가장 깊은 곳에 남겨진 그 작은 흔적이라도
씻어내지 못한다면 새로운 사랑은 거짓이다.
힘겹게 살아온 시간을 잊기 위해
사랑을 선택한다면 그 또한 거짓이다.
사랑이란 아픔을 잊기 위한 수단도,
지친 삶을 잠시 쉬어가는 언덕도 아니다.
사랑이란 그저 나의 모든 것이 되어야 한다.
온전히.
그렇지 않다면 그 사랑은 거짓이다.

- 나미비아

집으로
가는 길

숙명여자대학교 도서관에 걸린 사진.
이 사진이 특별한 건 내가 그날 그들과 함께 있었기 때문이다.
떠나지 않으면 만날 수 없던 그 순간의 기록.
하루 일과를 마치고 집으로 돌아가는
소탈한 가족의 모습이 지금도 눈에 선하다.
사랑하는 아이의 손을 잡고 걷는 아빠의 뒷모습.
얼굴이 보이지 않는 뒷모습만으로도 느껴지던 행복.
그 순간을 기록할 수 있다는 것은 사진이 줄 수 있는 최고의 행복이다.

- 마다가스카르

지금 바로
이 순간

살아가면서 가장 소중한 순간은 언제인가?
오래 전부터 나에게 물었던 질문.
이제는 대답할 수 있을 것 같다.
그것은 바로 지금이라고.
누구에게나 그렇지만 나에게는 특별히 오늘이 소중하다.
지금 내 안에 멈춰 있는 이 감정의 틀을 깨고 싶지 않다.
그렇게 나는 오늘 중요한 결정을 했다.
가슴이 허락한 대로.

- 탄자니아 잔지바르

나의 카메라

2013년 4월 4일. CANON 1DX 카메라를 구입한 날이다. 사진을 찍으면서 처음으로 매장에서 새 제품을 구입한 날이기도 하다. 지금으로부터 정확히 6년 전이다. 이 카메라는 나와 함께 아프리카를 누볐다. 그리고 나의 시간을 함께 했다. 릴리스 주기를 확인해보니 94,000이다. 연식에 비해 많이 촬영한 것은 아니다. 카메라를 어깨에 메고 다니다 보니 윗부분에 상처가 많다. 다른 카메라가 생겨 이 카메라는 가방에서 나오질 못하고 있다. 한참을 고민하다가 처분하는 게 맞는 것 같다는 결론을 얻었다. 사용하지 않고 두기에는 아까우니 좋은 분에게 가는 것이 맞을 것 같았다. 한 가지 걱정은 카메라 위쪽에 상처가 많은 점이었다. 캐논AS에서 이 카메라의 커버를 교체한 후 판매하는 게 나은 건지, 아니면 그냥 이 상태로 내놓는 게 나은 건지 확신이 서지 않는다. 어쩌면 나에겐 분신과도 같았던 카메라여서 좋은 사람에게 갔으면 하는 바람을 갖고 있다.

솔직히 나에겐 이 상태 그대로의 카메라가 더 깊은 의미를 지닌다.

- 서울 용산

사랑이
아니라면

가만히 바라본다.

쑥스러운 듯 몸은 반만 내밀고 눈빛은 나를 응시한다.

관심과 호기심이 이어져 하나의 감정으로 만난다.

어두운 방 안에서 그렇게 바라본 짧은 감정의 시간.

그마저도 기억되고 남아 있다. 그 눈빛. 벽에 기댄 몸.

어두운 여백의 몰입. 그 앞에 가지런히 놓인 커피잔.

사랑이 아니면 무엇인가?

- 에티오피아 예가체프

호기심이
깊어지면 사랑이다

호기심이 짙어지면 그리움이다.
아이들의 관심이 싫지 않던 날.
무엇이 그렇게 궁금한 것일까?
한참을 그렇게 나를 바라보던 아이들.

마다가스카르에서 거리를 걸을 때면 아이들은 낯선 동양인이 신기한 듯 호기심
을 갖는다. 어떤 녀석들은 용기를 내어 자신의 외국어 실력을 뽐내려는 듯 어설
픈 영어로 말을 걸어오기도 한다. 그러나 대다수의 마다가스카르 아이들은 수
줍음이 많다. 나는 그 수줍음이 참 순수하게 느껴져서 좋다. 서로를 바라보고 미
소를 교환하면서부터 가까워지는 거리감. 조금씩 마음 문을 열 때, 그 찰나의 느
낌이 참 달다. 한 장의 사진이 남겨질 때까지의 시간은 상황에 따라 다르지만,
마음 문을 여는 노력과 진정이 없다면 그 사진은 거짓이다.

- 마다가스카르 안타나나리보

그곳에 가면

세상에서 가장 아름다운 길.
이 길에서 사람들은 마음을 내려놓는다.
아름다운 길 위에, 천사처럼 아름다운 사람들.
누군가 아프리카를 가고 싶다면
가장 먼저 마다가스카르에 가보라고 이야기한다.
그 이유는 그곳을 가본 사람만이 알 수 있다.

- 마다가스카르 모론다바

봄의 열정

한 장의 사진이 마음을 움직일 때가 있다. 사진을 찍으면서 한참을 바라보며 피사체와 오고 가지 않을 대화를 나누기도 한다. 어쩌면 하루 종일 저 나무 하나만 바라봐도 지루하지 않을 것 같았다. 해가 바뀌는 방향에 따라 변화무쌍하게 변해갈 꽃의 빛깔이 궁금하기도 했다. 많은 곳을 다니지 않아도 때론 한 곳, 한 장면에서 마음을 내려놓기도 한다. 이른 봄, 마르고 거친 나무가지를 뚫고 세상에 나와 꽃망울을 터트린 그 열정에 감사한다. 어쩌면 내 몸 안에도 더 크고 멋진 열정들이 숨어 있을지도 모른다. 겨울을 건디고 꽃을 피워낸 나무의 열정처럼, 내 안에 숨겨진 열정을 찾아내는 것이 나의 영원한 숙제다.

- 선암사

어부의
바다

2006년 처음 마다가스카르에 갔을 때 가장 인상 깊었던 것은 바다와 어부들이 고기잡이할 때 사용하는 돛단배였다. 장난감처럼 작은 배를 이용해 거친 바다를 향해 나아가는 이들의 삶은 마치 전투를 하러 가는 듯 치열해 보였다. 바다 위에 두둥실 떠 있는 돛단배의 행렬을 처음 봤을 때의 감동은 이루 다 말할 수 없다. 그것이 이 나라에 대한 내 생각의 절반을 차지할 만큼. 많은 사람들은 마다가스카르 하면 바오밥 나무를 떠올리지만, 나에겐 아직도 그날 그 바다의 모습이 각인되어 있다. 그때로부터 13년이 지났지어도 그들은 그때와 같은 배를 타고 바다로 나간다.

이들의 순수한 모습은 욕심 없이 살아가는 삶에서부터 나오는 것 같다. 고기잡이를 마치고 돌아오는 어부들의 모습. 그리고 낯선 이방인을 향한 엷은 미소. 이 나라가 좋다. 그리고 그 안에서 평화롭게 살아가는 사람들이 좋다.

- 마다가스카르 모론다바

사진을
찍는 이유

2013년부터 아프리카에서 가족사진을 촬영했다. 한 번도 사진을 찍어본 적 없는 사람들과 함께한 시간. 누군가에게는 잊혀지지 않을 추억이자 소중한 가족의 기록으로 남길 바랐다. 지금까지 대략 5,000 가족의 사진을 찍었던 것 같다. 내가 아프리카를 가는 한 이 작업은 숙명처럼 이어질 것이다. 에티오피아 예가체프에는 내가 몇 년 동안 여러 가지 방법으로 후원하는 가족이 있다. 그 집에는 앞을 볼 수 없는 할머니, 가장 역할을 하는 여고생 진달래치와 그의 동생들이 함께 살고 있다. 처음 인연이 2013년이었으니 벌써 6년째다. 진달래치의 집에 방문해 커피를 마시는데 찾아온 동네 아주머니. 그의 손에는 몇 년 전 촬영해준 작은 가족사진이 조심스럽게 들려 있었다. 내가 이곳에 왔다는 소식을 들은 아주머니가 감사한 마음으로 나를 기억하고자 찾아온 것이다. 몇 년 전 찍은 사진을 다시 보니 왠지 모르게 마음이 짠하다. 사진의 의미를 다시 한번 느낀다. 내가 왜 사진을 하고 있는지 스스로 묻고 또 묻는다.

- 에티오피아 예가체프

삶을 나누다

사진은 순간을 기록하는 작업이다.
그 순간의 호흡이 잠시 멈춰질 때 셔터가 눌러진다.
사진가에게 기다림은 경건한 의식과도 같다.
어떤 사진을 담던 그것은 사진가의 선택이지만
셔터를 누르기까지의 과정도 또한 중요하다.

에티오피아의 낡고 초라한 시골집에 초대를 받아 들어갔다.
커피를 내오신 할머니의 표정과 손짓 하나하나가 가슴에 박혔다.
나는 한 잔의 커피를 마셨을 뿐인데,
노인이 살아온 기나긴 세월이 생각났다.
이들에게 커피는 삶을 나누는 것이다.
나에게 건넨 커피 한 잔은 분명 이들의 삶이었을 것이다.
조용히 셔터를 누르며 건강을 기원했다.
오래 전 내 어머니의 건강을 염려하듯,
같은 마음으로.

- 에티오피아 예가체프

삶의 깊이

아슬아슬하게 물 위에 띄워진 작은 배.
블루나일의 시작인 타나 호수를 기반으로 살아가는 사람들.
한참을 바라보고 한참을 생각했다.
사람이 살아가는 모습.
그리고 내가 가야 할 길에 대한 고찰.
답을 얻지는 못했지만,
가슴이 뜨거워지는 것을 느꼈다.

- 에티오피아 타나 호수

선택과
집중

한동안 생각이 많았다.
선택과 집중을 할 때 결정이 얼마나 중요한 것인지를 고민했다.
머릿속에서 떠나지 않는 약간의 미련.
현명한 결정과 선택은 참 어렵다.
그러나 시간이 지나면 알게 되는 진실.
그 진실을 믿기로 했다.
먼지가 하늘을 뿌옇게 덮고 있다.
앞을 볼 수 없는 내 마음처럼.
마음을 다잡기 위해 하는 일은 사진을 보는 것.
오늘 내 마음을 콕 집어낸 이 한 장의 사진.
나미비아 '부시맨' 할아버지의 모습이 나에게 위로가 된다.
굳이 그 이유를 알아내고 싶지는 않다.
그냥 그렇게 오늘은 이 사진이 나를 만진다.

- 나미비아

여섯 번째 이야기

이영주 lucky_wr@naver.com

ⓒ 백상현

prologue

카메라 너머로 보는 세상은 나를 온전하게 집중시킨다.
여행사진으로 처음 사진을 시작했다.
서툴러도 여행의 흥에 겨워 찰칵찰칵 멋모르고 셔터를 누르다 보니 어느새 3년.
이제는 조금 신중하게 색들을 느끼면서 카메라 너머의 세상을 즐길 수 있으며,
거기에 온전히 집중할 수도 있다.
나는 카메라로 맺어진 인연으로 글을 써보자는 제안을 받고,
생각할 겨를도 없이 오케이하였다.
그간 내가 꿈꾸었던 일이기에.
그러나 기대에 부풀어 수업을 기다리다가도 시간이 갈수록 두렵기도 했다.
쉽지만은 않았던 첫 수업이 끝나고 막막한 마음에
어떻게 글을 썼는지 모르겠다.
책 나올 시간이 점점 다가오자 내가 쓴 글이 부끄러워지면서
들뜬 마음이 가라앉는다.
부족한 내게 꿈을 찾게 해준 선생님과 친구들 덕분에
부끄럽지만 여기서 이렇게 함께 해봅니다.
감사합니다.

따스한
봄날

한복과 여러 의상이 어우러진다.
과거와 현대,
그리고 동양과 서양이 공존하고 어우러진다.
옛 왕국에도 개화의 바람이 분다.
서로 함께 마주하면서 새롭게 창조한다.
어우러져 함께하는 시간이 있기에
우리가 이렇게 오늘을 살아가는지도 모른다.
선조들에게 감사하며 살아야겠다.

- 경복궁에서

나무가
말한다

넌 예쁘니까 좋은 것만 보아라.
예뻐지고 더 예뻐져라.
자연에게 배운다.
누군가는 꽃이 피면 질 수밖에 없다고 한다.
하지만 활짝 핀 꽃은 우리에게 향과 색으로
즐거움을 선사한다.
꽃이 제 몫을 다한 후에는 열매를 내어
우리에게 달콤함을 선물한다.
꽃은 이처럼 언제나 주기만 하는
배려와 사랑을 보여준다.

- 천리포수목원

꽃으로
다시

도심 한가운데 이런 절이 있다는 것을 그간 난 왜 몰랐을까?
서울에, 그것도 도심에 절이 있는 것이 신기해서 길상사로 향했다.
길상사에 도착하자 왠지 차분해진다.
예전에 고급 요정이었다는 길상사 곳곳에는 작은 단칸집이 있다.
지금 이 단칸집들은 스님들이 참선하시는 곳이라
일반인은 들어갈 수 없다.
그저 눈으로만 이것들을 바라보고 있노라니
가슴이 먹먹해지면서 사진에 집중이 되질 않는다.
왜일까? 꽃들마저도 숨이 멎을 것 같은 아름다움이 존재한다.
그렇지만 애잔함으로 어쩔 수 없이 살아야 했던 이들도 있었을 것이다.
그들의 마음이 전해지고 있기 때문일지도 모른다.
여기 이곳의 본래 주인은 엄청난 부를 헌납해서
자신이 가고 싶은 곳으로 갔을까?
아름다운 꽃으로 다시 피어난 어여쁜 이들이여!
극락왕생하시기를 빌어봅니다.

- 길상사

주먹밥

김이 싫어 싫어.
김밥이 싫어 싫어.
좋아하는 고기를 넣은
하얀 밥을 꼭꼭 쥐어 등굣길에 도시락.

- 천리포수목원

커피정미소

주말에 회를 먹으러 강릉 주문진에 갔다. 시끌벅적한 회 타운을 기대했지만, 모두가 자리를 비워 빈 공간만 덩그러니 남아 있다. 예전에는 열 몇 개의 가게가 있었고 단골집을 찾아가는 기쁨도 있었는데, 지금은 오직 두 가게만이 문을 열었다. 조용한 게 이상해서 물어보니 인건비도 안 나와서 가족끼리 운영해야 아끼며 버틸 수 있다고 했다.

시장에 오길 잘했구나. 회를 먹으며 만감이 교차한다. 말로만 듣던 경기불황이다. 우리가 할 수 있는 것이 무엇인지조차도 알 수가 없다. 혼란스러운 마음을 품고 동생을 따라 요즘 유명하다는 커피집에 도착했다. 그곳에는 대기 줄이 이미 길었다. 커피를 먹기 위해서는 한 시간 반을 기다려야 한다고 했다. 기차 시간도 있고 해서 떠나려는 그때, 나의 시야에 들어왔던 '초당커피정미소.' 어쩐지 정감이 가서 앞장서 들어가 보니 정미소를 커피집으로 개조한 곳이었다. 커피 창고보다 정감이 있어 분위기는 일단 합격이었다. 나는 커피에 곡물을 얹은 혹 커피를 마셨다. 위는 곡물, 아래는 따뜻한 커피였다. 이름처럼 곡물과 커피가 조화롭다. 한 잔의 커피로 안정을 찾았다. 엔돌핀도 팍팍.

- 강릉 초당커피정미소

카페

카페로 들어서니 시원한 에어컨이 찌는 듯한 더위를 쫓아낸다. 탁자에 자리를 잡았다. 그 위에 노트와 펜을 놓고 음료를 한 잔 주문한 후 커피를 기다리며 내 자리를 힐끔거리며 본다. 이곳은 언제나 자리 잡기 어려운데 오늘은 저녁 시간에 와서 그런지 운이 좋게 빈 자리를 찾았다.

자리에 앉고 나니 막막하기만 하다.

어디서부터 써야 할지, 어디서부터 시작해야 할지, 그 막막함에 애꿎은 음료만 쭉쭉 빨아대며 괜히 핸드폰도 만져본다. 고개를 들어보니 앞자리 어린아이들과 엄마들이 뭔가를 계획 중인 듯 심각한 표정으로 서로 이야기를 주고받는다. 무슨 이야기인지 엿듣고 싶지만, 내 코가 석 자라서 펜을 들고 집중한다. 오늘도 더위에 지친 일상을 달래며 차 한 잔으로 보람과 행복을 채운다. 이곳을 스쳐가는 사람들은 잠깐의 휴식과 같은 달콤한 음료와 쓴 커피를 마시며 오늘의 스트레스를 모두 내려놓는다.

- 서울 한남동

하트

가는 날이 장날이라 문이 닫혀 있다. 검은 천막을 걷고 들어간 그곳에는 양귀비 밭의 화려함과 뜨거운 태양이 서로를 겨루듯 마주하고 있었다. 아직 아침이었지만 붉게 타오르는 양귀비와 태양의 기 싸움에 온몸이 열기로 가득하다. 이미 몇몇 사람들은 그늘 아래에서 꽃구경을 하고 있고, 유치원생들은 선생님을 따라 올망졸망 모여 있다. 뭐가 그리 좋은지 아이들은 이 뜨거운 날씨 속에서도 팔짝팔짝 뛰어논다. 선생님은 시선을 빠르게 움직이며 아이들을 모은다. 나는 꽃에 넋을 잃은 채 사진기의 셔터를 눌렀다. 나 자신도 붉은색에 물들어 갈 즈음, 사람들이 저 멀리 포토존에 모여든다.

하트, 사랑. 그 앞에서 꽃보다 더 아름다운 사람들. 사랑 없이는 아무것도 완성되지 않을 것 같은 삶이다. 그렇지만 여전히 사랑이 그립거나 넘쳐나는 사람들은 뜨거운 사랑을 확인하듯이 붉은색 꽃밭의 빨간 하트 속으로 모여든다. 우리에게 사랑은 퍼내도 퍼내도 끝없이 솟아오르는 샘물과 같다. 우리는 목마른 사람처럼 사랑을 갈구하며 산다.

- 강원 원주 용수골

해바라기

웃음과 미소가 담겨 있는 아이처럼, 언제나 꼿꼿하게, 하지만 수줍은 듯 웃으며 서 있다. 저 멀리서 하루의 고단한 일상을 마치고 집으로 돌아가는 이들에게 고개를 들고 미소를 보낸다. 해바라기를 보노라면 자꾸만 동물의 왕국 속 기린이 생각난다. 탄자니아 세렝게티 초원에서 기린이 가족을 지키기 위해 살아가는 모습은 해바라기가 커다란 높이로 가족을 보호하고 서로를 배려하며 공간을 활용하는 모습과 많이 닮아 있다.

해바라기들은 모두가 고르게 햇볕을 쬘 수 있도록 서로 비켜가며 성장한다. 더불어 살아가는 소중한 가족과 이웃을 위해 비좁은 곳에서조차 양지의 자리를 기꺼이 양보하는 해바라기들. 오늘따라 더욱 정감이 가서 나도 해바라기에게 웃어준다. "고맙다."

- 구리에서

춤추는 우산

형형색색 제각기 다른 색깔로 흥겹게 춤을 춰보자.
너는 초록, 나는 빨강, 모두 모두 예쁘다.
비가 오나 눈이 오나 우리를 위해 사는 너.
때론 날고 싶었을 너를 움켜잡는다.
너를 놓아주지 못한 것은 아닌가 하는 미안한 감정이 생긴다.
오늘만큼은 너에게 자유를 주고 싶다.
세상이 나를 힘들게 한 것은 아닐 것이다.
어쩌면 내가 나를 힘들게 하면서 살아온 것은 아닌가 생각한다.
너를 보며 깨닫는다. 그래.
오늘만큼은 너도 나도 서로 붙잡은 손을 놓고 신명나게 춤을 춰보자.

- 안산

방향

우리 모두는 각기 다른 꿈을 꾸며 산다.
사람들은 각기 다른 환경 속에서
각기 다른 기대와 희망을 품으며 오늘도 바쁘게 살아간다.
어떻게 사는 것이 정답인지는 모르지만,
나름대로 정답이라고 믿고 가는지도 모르겠다.
다름을 인정하지 않고는 자유로울 수 없는 것이 삶이다.
이것을 인정하기까지 가시밭길을 걸어왔다.
가시밭길을 다 지나오자 그렇게 버릴 줄도 알게 되었다.
인생의 절반이 훌쩍 지나,
남아 있는 여정이 걸어온 여정보다 짧아졌다.
오늘도 감사하며,
좋은 것만 보면서 진실된 마음과 사랑으로 살아가야지.

- 서울

여행

공항에 도착해 활주로를 가로질러 기다리던 일행과 마주했다.

차를 렌트하고, 마트에서 시장을 보고, 우동을 먹고, 산길을 달렸다.

음악에 취해 흥겨움이 절로 났다.

쓸데없이 주절주절 말이 많아졌던 것은

음악에 취해 모든 것이 해제되었기 때문인 걸까?

아니면 여행 첫날의 설렘 때문인 걸까.

숙소에 짐을 풀고 난 후에 야식 타임을 가졌다.

이번엔 분위기 있는 식탁에 "와우!"라는 감탄이 절로 났다.

어느 멋진 레스토랑의 셰프보다 더 멋진 셰프가 만든

정성스러운 음식과 함께 음악이 흘러나왔다.

음악에 마음이 젖는 밤이었다.

잠재된 흥이 꿈틀거리며 삽시간에 피곤함이 사라졌다.

좋은 사람들과 함께하는 여행의 첫날밤.

이래서 삶이 버겁고 외롭더라도,

때로는 사랑과 기대를 품고 여행을 떠나는가 보다.

- 제주

자전거

해바라기 향기가 바람에 실려 오는 8월의 시작을 하루 앞두고, 임박한 세금을 내기 위해 분당구청에 다녀오는 길. 찌는 듯한 무더위와 싸우며 돌아오는데 탄천 길에 세워진 노란색 자전거 두 대가 눈에 들어온다. 주인은 어디로 갔는지. 두 대의 자전거는 이글거리는 태양에 맞서듯 당당하게 서 있다. 뜨거운 햇볕에 녹아내릴까 걱정된다.

자전거 탄 사람들이 유독 많이 눈에 띄는 탄천 길 위에 오늘따라 아이들은 어디로 갔는지 보이지가 않는다. 아마도 집어삼킬 듯한 태양을 피해서 모두 숨었나 보다.

어린 시절 자전거를 배우겠다고 키만 한 자전거를 끌고 운동장으로 나갔다. 발도 닿지 않는 페달을 한쪽씩 굴리면서 신나게 자전거를 타다가 자전거를 망가뜨렸다. 야단맞을까 무서워 집으로 돌아가지도 못하고 혼자 운동장 구석에 쪼그리고 앉아 지는 해를 바라봤다. 지금 그때의 서글펐던 내 모습이 떠오른다.

- 탄천

만선의 꿈

밀물이 밀려온다.
배들은 나가서 오징어, 고등어, 새우 잡을 채비를 한다.
어기 여차 어기 여차,
그물을 끌어 올린다.
만선의 기쁨을 가득 안고,
개선하는 군대의 행렬처럼 당당하게 들어올 꿈을 꾸면서
서로서로 앞다투어 푸른 바다로 나간다.

- 부산

도시의 삶

저 하늘 끝,

내 꿈이 머무는 그곳으로 가리라.

발 아래 도시에 어둠이 깔리면 그리움을 찾아서 달려가리라.

그리움 가득 안고서 돌아올 때쯤 새벽 태양이 도시를 깨운다.

다시 저 아래 도시의 시간이 바삐 흐른다.

다시 돌아와 나는 어둠이 깔리기를 기다린다.

그리움을 찾아서 한 발을 다시 내딛기 위해.

- 서울

호숫가

호숫가의 오리는 친구와 앞서거니 뒤서거니 하며 호젓하게 간다.
오리는 두 발을 바삐 움직여도 점점 지쳐간다.
햇살이 오리의 발을 자꾸만 잡는다.
오리는 뜨거운 태양을 꿀꺽 삼킨다.
반짝반짝 빛나는 햇살이 부서져 보석이 된다.
저 보석을 주워다가 목걸이 만들어서
우리 엄마 목에 걸어 드리고 싶다.
저 하늘 어디에 있든 언제나 볼 수 있게
반짝반짝 빛나는 별을 향해 엄마를 부릅니다.
엄마아~.

- 안산

양귀비

뜨거운 태양을 삼켰는지 으스러지게 붉은 빛을 온몸으로 토해낸다. 양귀비는 화초밭에서 화초처럼 키우기도 했던 꽃이다. 그러나 어느 날부터 불법이라 하여 화단에서 사라졌다. 데메테르가 저승 지배자 하데스한테 빼앗긴 딸을 찾아 헤매다가 양귀비로부터 위안을 받았다는 그리스 신화의 이야기처럼, 몽환과 위안을 준다는 꽃. 꽃이 얼마나 치명적이길래 딸을 찾아 헤매다가 위안을 받았을까? 또 그 빛깔이 얼마나 고혹적이면 중국 왕 현종이 자신의 애첩에게 양귀비라는 이름을 붙였을까?

여전히 난 네 유혹을 뿌리치지 못하고 이끌려간다. 양귀비 꽃밭이 드넓게 피어 있을 때 난 섣불리 그곳으로 달려갈 수가 없었다. 화초 양귀비가 있다는 것을 알기 전까지 양귀비는 본연의 색으로도 여전히 손짓하며 우리를 유혹했다. 마치 그 색에 이끌리듯 우린 또 양귀비에게로 발길이 향하곤 한다.

- 강원 고성

산수유

봄에 피는 노란 꽃. 산수유와 개나리, 유채.
그 중에서 꽃 모양이 왕관을 닮은,
노란색이 유독 돋보이는 산수유가 내 발길을 잡는다.
꽃은 노란 빛이고, 열매는 검붉은 빛이다.
꽃말조차도 '영원한 사랑'이다.
이른 봄 눈부신 노란 빛으로 우리에게 기쁨을 준다.
나비와 벌에게는 월동을 준비하는 생명력을 준다.
산수유를 보기 위해 출사 길에 오른 날,
봄비가 촉촉이 내리고 있었다.
도착해보니 개화 시기가 예년보다 늦은 편이라
모든 나무가 만개하지는 않았다.
비가 오락가락하는 가운데,
우산을 들고 사진을 찍으려니 카메라가 흔들렸다.
두 손의 힘을 분산시키려 안간힘을 쓰면서,
거름 냄새와 눅눅한 땅을 지나,
군데군데 만개한 나무를 찾아 열심히 셔터를 누른다.
우리 생과 닮은 듯 안 닮은 듯,
산수유,
너 참 예쁘다.

- 양평

하늘

"하늘은 파랗게 구름은 하얗게 실바람도 불어와 부푼 내 마음…."
오랜만의 깨끗하고 맑은 공기에 갑자기 노래가 흥얼거려진다.
마음이 덩달아 들뜨고 발걸음마저 가벼워진다.
있을 때는 고마움을 잘 모르다가도 없어지면 찾는다.
감사한지를 모르고 당연하게 생각하며 살아온 것은 아닐까?
미세먼지가 없을 때 나는 맑은 하늘의 고마움을 알지 못했다.
탁한 공기에 목이 매캐해지고 나서야
맑은 공기가 얼마나 소중했었는지 깨닫게 되었다.
자연은 우리에게 많은 혜택을 주지만,
정작 나는 밥 한 그릇에도 얼마나 많은 이들의
노고가 들어가 있는지 생각하지 못했다.
농부들의 노고, 토양과 태양에
감사하며 먹어야 하는데도 그러지 못하고….
하물며 매일 숨을 쉬며 마시는 맑은 공기야말로
세상에서 가장 중요하고 소중한 것임에도 잊고 살았다.
모처럼 맑은 하늘을 보니 새삼 반성하게 된다.
많은 혜택을 받았음에도 감사를 잊고 살았던 시간들,
이제부터라도 소소한 감사와 행복을 인지하며 살아야겠다.

- 몽골

하프

한낮의 찌는 더위에 지친 그대를 위해서 랄랄라~
즐겁게 연주하는 물 하프.
친구들과 수목원에 도착하니 찌는 더위에 지쳐간다.
어디선가 들리는 얕은 물소리에 이끌리어 다가간 곳.
물줄기가 숲을 시원하게 적셔주고 있었다.
내가 저 숲의 나무가 되어 물줄기를 맞으니
피로와 더위가 음악소리와 함께 녹아내린다.

- 천리포수목원

강가에서

하늘을 지붕 삼아 굽이도는 저 강물에 몸을 싣고,
굽이굽이 흘러가는 강 너머 저 능선과 인사한다.
자연은 다툼도 거슬림도 없이 다 채우고서,
유유히 흐르며 조용히 제 갈 길을 간다.
강물은 이별의 아쉬움, 못다 한 사랑,
수많은 사연을 담고서
말없이 흘러 흘러 저 너른 바다로 향해 간다.
짜디짠 눈물의 사연을 녹여내고,
바닷물에 염분을 토해낸다.
나는 오늘도 사연 하나를 강물에 던지며,
강물에게 이야기를 풀고 있다.

- 양평

토끼

운동 삼아 카메라를 메고 집 근처 공원을 걷다 보면, 즐겁게 출사 간 기분이 들어 시간도 더 빨리 흐른다. 빛이 숨어 있는 어둑한 저녁, 밥을 먹고 가는데 토끼 한 마리가 나를 쳐다본다. 카메라를 꺼내기 귀찮아서 핸드폰으로 찍으니 거리가 멀어 사진이 흐릿하여 토끼인지 흰 점인지 분간되지 않는다. 몇 컷 찍고 가려는 데 흰 토끼가 움직이지 않고 나와 눈을 맞추며 바라본다.

아! 그러고 보니 얼마 전 강아지에게 사색이 되어 쫓기던 그 토끼가 아닌가? 이전에 산책 나온 강아지가 달려들자 걸음아 나 살려라, 사색이 되어 도망가던 바로 그 토끼였다. 그때 줄 없이 그냥 산책 나온 주인이 얼마나 야속하던지. 토끼는 무섭게 달려드는 강아지 앞에서 얼마나 공포에 떨었을까? 내내 걱정되어 마음이 쓰였었는데 오늘 이렇게 다시 보니 참 반갑다.

카메라를 꺼내면 놀라지 않을까 조용히 다가가니 토끼도 나를 기억하는지 다행히 무장해제를 해준다. 고맙다. 그리고 두려워하지 않고 카메라 앞에서 당당한 네가 멋지다. 어쩌면 엊그제 놀란 공포를 견디고서 더 단단해진 것 같다는 느낌이다.

- 분당 중앙공원

315

쉼

지친 나그네의 어깨 위로 노을이 내려앉는다.
하나 둘 골목길 속 집으로 향해 가는 사람들.
잠시 쉬어가려 발길을 멈춰 선다.
도란도란 이야기 소리와 웃음소리가 창 너머로 정겹게 들려온다.
온 가족이 마주앉아 나누는 담소를 들으니, 가족이 그립다.
외로움이 엄습한다.
나그네의 두 눈에도 어느새 노을이 물들어 간다.

- 충남 서산

어디 갔을까?

아이들은 어디 가고,
아이들이 두고 간 형형색색의 가방들만이 옹기종기 모여 있다.
가방들은 주인을 기다리며
나무 주변에 꽃받침을 만든다.
하나는 외롭고, 둘은 돈독하고, 여럿은 함께라서 즐겁다.
서로 어우러질 때 더 빛난다.
주인 없는 가방이라도 모이기만 하면 나무를 더 돋보이게 한다.
너와 나, 가족, 그리고 친구.
모두가 함께 어우러져 아름다운 세상을 만들어 가는 조각들이다.
서로 맞추어가기 위해 생채기를 주고받으며,
그렇게 성장해가는가 보다.
우리 주인은 어디 갔을까?
그저 말없이 기다리고 있다.

- 안산

조급함

솔섬 사이로 해가 지기 시작한다. 모두가 셔터를 열심히 누르고 있다. 나 역시 집중하고 있었다. 카메라가 깜박이며 배터리의 부족을 알린다. 여분의 배터리를 가져오기는 했지만 차 있는 곳까지 갈 수가 없다. 혹시 하고 메고 온 가방 속을 확인해 봤지만 배터리는 보이지 않는다. 한 컷 찍고 카메라가 꺼지고, 한 컷 찍고 카메라를 켜기를 반복했다. 그런 내가 안쓰러운지, 옆에 있던 지인이 본인은 많이 찍었다며 카메라에서 배터리를 빼서 주신다. 감사한 마음에 빠르게 노을을 카메라에 담고 배터리를 돌려드렸다. 남은 시간을 아슬아슬하게 맞추어 촬영을 끝내고 차로 돌아왔다. 그런데 두고 간 가방에 있을 거라고 믿었던 배터리가 어이없게도 메고 있던 작은 가방 안에 있었던 것이 아닌가. 급한 마음에 제대로 확인하지 못한 실수였다. 성급함은 언제나 눈을 멀게 하나 보다. 조금만 차분히 살펴보았더라면, 여유 있게 노을을 감상하며 즐길 수 있었을 텐데. 나의 조급함이 아쉬운 날이었다.

- 제부도

그 시절

사그작 쨍강.
언니가 또 그릇을 깨뜨린 모양이다.
언제나처럼 아버지가 달려가 다치지 않았냐고 묻고는
바로 깨진 그릇을 저 멀리로 치워 주신다.
우리 언니는 설거지만 하면 그릇을 하나씩 깨뜨리곤 했다.
그릇이 지금처럼 풍족하지 않던 시절,
엄마가 돌아오시면
아버지는 언제나 당신의 실수라 말씀하시며 언니를 감쌌다.
그래서인지 몰라도 언니는 형제 중
유독 아버지를 많이 따르고 효도하며 살았다.
상처 입은 항아리를 보니 예전 언니가 바꿔준
우리 집 뚝배기들이 생각난다.
새삼 그 시절이 그리워진다.

- 서산

정경숙 rose38suk@hanmail.net

ⓒ박영자

prologue

빛으로 그리는 감동,

자연과 공감하고 사람과 소통하는 감동

사계절마다 시시때때로 변하는 빛과 바람 따라 움직이는 내 마음

새벽녘 고요한 적막을 깨우며 나선 길,

세찬 비바람을 헤치며 찾아가는 길

한겨울 손가락 호호 불며 동동거리던 날,

밤하늘 수놓은 은하수 따라 밤을 지새던 날

돌이켜보면 나를 앗아간 시간이고 추억이다.

콩닥콩닥 두근대던 심장 소리를 들으며

오늘도 셔터를 누른다.

시간을, 사랑을, 그리고 추억을!

이런 감동을, 흔적을 책으로 낼 수 있음에 감사하다.

준비하는 시간은

나의 보잘것없는 글쓰기에 힘들어하는 시간이면서,

나를 돌아보는 행복한 시간이었다.

꽃신

주인을 기다리는 댓돌 위 검정 고무신,
이쁜 꽃도 수놓았네.

검정 고무신을 신은 수정이, 은숙이, 경희, 석택이는 날 부러워했다.
흰 고무신은 모래를 실은 자동차가 되어,
뒤축이 뒤집힌 동동배가 되어
개울가에서 종일토록 장난감이 되어주었다.

정신없이 놀다 보니 사라진 한 짝!
쌀보리 팔아서 고무신 사주신 부모님의 얼굴을 떠올린 경희는
쉽사리 집으로 가지 못하고,
하나 둘씩 집으로 돌아가는 동무들을 배웅하며
엉덩이만 들썩들썩하였다.

- 길상사

이게 뭐야?

여행가는 날 아침, 출근한 딸이 한 장의 사진을 보내왔다.
딸, 이게 뭐야? '여행가시는 엄마한테 부담이 될까봐 말 못했어요.'
아기가 되어 요양원에 계신 엄마에게 조용히 다녀온 내 딸은
엄마가 여름옷이 없어 더워하신다는 이야기를 들었나 보다.
남대문 시장에서 산 꽃무늬 여름옷과 속옷 여러 벌을
택배로 부칠 거라 한다.

요양원 사람은
조카가 두고 간 원숭이 인형을 좋아하신다는 얘기를 덧붙였다고.
엄마는 한쪽 팔이 떨어져 덜렁이는 원숭이 인형을
딸이 보낸 곰순이에 매달고서 활짝 웃으신다.
딸, 멀리 있다는 핑계로 연례행사가 되어버린 요양원 행차에,
속 깊은 딸이 엄마의 모자람을 일깨워주는구나.
고맙다.
사랑한다, 내 아가야!

- 요양원

길상사

어릴 적 몇 안 되는 읽을거리에 갈증을 느낀 나.
일주일마다 오는 농민신문을 첫 장부터 한 자도 놓치지 않으려 했다.
농약, 농기계 고장 수리, 씨앗 종자 등등의 기사를 문자로 읽었다.
중학생이 되어서는 고등학생이었던 고모의 책을 문자로 읽었다.
당최 어찌 살라는 것인지…, 난 가진 게 너무 없는데….

결혼 후 책을 살 수 있게 되자,
난 집착하듯 법정 스님의 책을 닥치는 대로 사 모았다.
스님이 추천하신 책도 물론 읽었다.

무소유와 반대의 길을 걷고 있는 나.
초파일 다음날,
길상사로 갔다. 사진 찍으러!
스님의 흔적을 되새기며, 강원도 산골 오두막을 떠올리며.
무소유를 실천했던 자야 기생과 백석의 러브스토리를 떠올리며!
난 잘 살고 있는 거지?

- 길상사

길을 잃다

설렘과 걱정을 가득 안고 몽골로 떠났다.
황홀한 은하수 사진 촬영을 뒤로하고,
옷을 입은 채로 새벽 2시가 되어서야 쪽잠을 청했다.
짐 정리하는 친구를 남겨두고 이불을 뒤집어썼다.
몇 시간도 채 지나지 않아,
날 깨우는 소리에 헐레벌떡 카메라를 집어 들었다.
비몽사몽이다.
안개 내려앉은 초원에서 난 그만 길을 잃은 듯 멍하니,
그리고 미친 듯이 셔터를 눌러댔다.
눈물이 나도록 설레었다는 언니의 말이 맞았다.
어느새 사라지는 청색 안개는 보랏빛으로 옅어지고
여명의 붉은 기운이 스며든다.
몇 달이 지났건만 난 여전히 초원의 새벽빛에 허둥대고 있다.

- 몽골

시월의
마지막 밤을

가을을 무척 사랑한다.
마음이 넉넉해지는 듯, 신나는 듯하면서 살짝 떨리기도 한다.
짜릿한 첫사랑이나 절절한 러브스토리의 추억도 없는데 말이다.
모 가수의 '시월의 마지막 밤을~ 뜻 모를 이야기만 남긴 채~' 라는
노래가 한참 유행하던 그 시절. 바로 그날, 난 외로워 우울해졌고,
집에 가기 싫다고 투정을 부렸다.
나만 두고 가던 친구들은 다시 돌아왔고,
우리들은 캠퍼스의 연못가에서 소심한 불놀이를 시작했다.
낙엽을 모아 태우면서 그 노래를 같이 부르며 추억을 만들었다.
지금도 낙엽 태우는 불 내음이 참 좋다.
연락이 끊어진 그 친구들!
지금쯤은 친구들에게도 세월의 단풍이 곱게 내려앉았겠지?

- 호암 미술관

시들지 않는

전성기를 지난 튤립은 제 빛을 잃은 듯했다.
지나쳤다가 돌아와서 유심히 다시 보았다.
뜯겨 나간 꽃잎이 빛을 발하고 있었다.
입과 코를 틀어막게 하는 꽃가루 뭉치까지 보듬고 말이다.
완전하지 않은, 온전치 않은 것에 맘이 안 가는 나를 비웃듯!

요즘 내게 잘 챙기지 못하거나 실수를 하면 화를 자주 낸다.
갱년기에 접어들면서는 특히 남편에게 그러하다.
나의 잘못에는 '그럴 수도 있지' 라고 쉽게 넘어가면서.
'난 그렇게 잘났냐? 나는 실수를 하지 않고 완벽하냐?' 등등의 반성을 자주 한다.
오늘도 자책하면서 인생 친구를 잘 보듬어주어야지 하고 다짐한다.

- 서울숲

너를 좋아 한데이~

막연히 동백을 좋아한다.
어릴 적 비녀를 꽂고 다니던 할머니의 경대에서
동백기름 향을 맡은 후부터인지,
언제부터인지 알 수는 없지만.
'너무 예쁘다 예쁘다' 라고 노래한다.
그러다 혹하고 송이째 떨어진 동백꽃을 보노라면
무참히 빼앗기고 잃어버렸던 울 엄마의 청춘이 생각나 눈물이 난다.
12월 겨울부터 이듬해 봄까지 '동백 보러 가야 한다' 는
나의 동동거림은 계속된다.
올 겨울 눈 내리는 날, 나는 동백 앞에 있으리라.

- 제주도 안덕계곡

같이 가자

작년에 느닷없이 교통사고를 당했다.
퇴원 후에도 후유증이 있었고,
찌뿌둥한 몸 상태가 한동안 계속되었다.
연꽃이 만개했다는 소식에 카메라를 메고 길을 나섰다.
막 피어난 꽃봉오리부터 후드득 떨어질 것 같은
만개한 할머니 꽃까지, 몇 시간을 즐겼다.
그리고 석양에 비친 엄마와 아이의 모습에 서터를 눌렀다.
미소 짓게 하는 한 장의 사진이 남았다.

- 시흥 관곡지

꿈꾸다

햇살 좋은 날 광한루에는 젊음의 열기가 넘실대고 있더라. 청춘들은 삼삼오오 모여서 공주놀이, 점프 샷 찍기, 셀카 놀이 등과 같은 유희를 즐긴다. 살포시 눈을 감아본다. 되돌릴 수 없는 시절의 꿈 많은 내가 보인다. 수없이 고민하고 갈등하면서 꿈만 꾸던 시절이 있었다.

이루어질 수 없었던 꿈이 많다. 이걸 해볼까, 저것이 좋겠지 등등. 역사 선생님이 되겠다고 교생 실습까지 다녀왔지만, 사회과 교사 임용은 2명만 뽑는다기에 힘들게 포기했다. 대학원에 가서 공부를 더 하고 싶었지만 아버지가 '고학력의 여자는 시집가기 어렵다' 며 포기하게 하셨다. 젊은 그때로 돌아간다면 지금보다 행복할까? 돌아간다면 여자라는 이유와 변명 없이 하고 싶은 걸 할 수 있을까?

- 남원 광한루

익어가다

수선화가 지천인 뒷산을 담 너머에 두고서 가만히 기다린다. 가을의 찬바람에
알뿌리를 심고, 눈 이불 속에서 깨어나기를 기다린다. 따스한 춘풍이 불어와 기
지개를 켜며 깨어난 수선화처럼. 수십만 포기의 수선화를 옮기고 줄 세우며 지
새운 날들을 지켜보았기에, 그때가 오기만을 기다린다. 바람과 태양과 주인의
손길이 어루만져 주기를. 고통의 시간이 오더라도 인내하며 익어간다.

- 서산 유기방 가옥

흐드러지게
피어

살아 있던 모든 생명의 삶과 흔적은 화산재 속으로 사라졌다.
화석으로 나타난 고대 로마인들은
자연에 순응하며 살라고 말하는 듯하다.
입을 다물 수 없었던 고대 도시에서 꽃을 보았다.
숨죽이는 정적의 공간에서 난 꽃을 찍고 또 찍었다.
붉게 빛나던 그 꽃이 양귀비임을 알게 되었다.
흐드러지게 피어 가슴을 저리게 하였다.
갓난아기의 화석은 더욱 맘을 저리게 했다.
6월에 가득 핀 검붉은 양귀비꽃에는 고대 로마인의 슬픔이 아른거린다.

- 이탈리아 폼페이

저요 저요

2월, 매서운 삭풍이 부는 겨울 바다는 을씨년스럽고 슬퍼 보였다. 생일이 지난 지 얼마 되지 않아서인지 괜히 서글픈 생각이 마구 들었다. '또 한 살을 먹는구나. 시간은 참 빨리도 흘러간다.' 여기저기 해안가를 기웃거리다가 바닥에 퍼질러 앉아 생선을 손질하는 한 여인을 만났다. 화장기 없는 얼굴과 벌겋게 얼어버려 터질 듯한 손등! 대충 걸쳐 입은 그녀의 얇은 외투는 나를 주눅들고 춥게 만들었다. 카메라를 든 내 손이 너무 미안하였다. 하지만 곧 기어들어 가는 목소리로 "생선만 찍어도 될까요?" 라고 물어봤다. 그녀의 시큰둥한 표정에 눈치를 살피면서 생선만 찍고 얼른 돌아섰다.

묵이라는 생선은 임진왜란 난리에 선조 임금의 수라상에 진상된 후 '은어' 라는 당당한 이름을 하사받았다. 허나 전쟁이 끝나고 간사스러운 인간의 입맛에 팽당하여 '도루묵' 이 되었다 한다. 도루묵은 임금의 입맛은 채우지 못하였지만, 우리네 밥상을 푸짐하게 채워 주었다. 구이, 조림, 찌개 등 값이 싸지만 맛난 도루묵 생선요리들. 특히 입 안 가득 톡톡 터지는 알의 고소함을 어찌 모르는지. '저 좀 데려가 주세요. 후회하지 않아요' 하고 손을 드는 듯. 도루묵의 눈이 참 맑아 보인다. 녀석 귀엽군!

- 주문진 시장

밤새 안녕!

쇠젓가락에 끼워 바삭하게 구워 먹던 떡국 떡의 맛.
엄마가 석쇠에 얹어 구워 주시던 고등어 맛.
학교 앞 문방구에서 돈이 없어 얻어먹던 어묵 국물 맛.
노릇노릇 구운 불량식품 쫀드기 맛.
추억의 맛에 지금도 콧구멍이 벌렁벌렁! 침이 고인다.
무엇보다 헛간에서 한철 묵어 단단해진 몸을 불살라
아랫목을 데워 주던 구공탄이 일등이다.
자취하던 시절 연탄가스를 맡고 해롱대던 나에게
동치미 국물을 먹여 주시던 태숙이 엄니가 생각이 난다.
이웃에서 연탄가스를 맡고 저세상 간 여중생 손녀.
손녀와 한 방에서 같이 자다 홀로 살아남은 할머니는
남은 생을 눈물로 지새운다고 했다.

안도현 시인의 '연탄재 함부로 발로 차지 말라 /
너는 누구에게 한 번이라도 뜨거운 사람이었나'를 떠올린다.
지금은 쉽게 볼 수 없는 구공탄의 생을 보자 '밤새 안녕'이 입에서 맴돈다.
누구에게는 어린 시절, 가난했던 시절의 추억이지만!
다른 이에게는 가슴 찢어지는 고통일 테니.

- 태백 철암탄광 역사촌

너의 등 뒤에

너의 등 뒤에 어려 있는 아픔에 나도 운다. 너의 고통이 나에게로 전해져 온다. 너의 기쁨이 나의 행복으로 이어져 있다. 난 소리죽여 눈물을 흘린다. 아토피라는 기분 나쁜 친구를 갖고 태어난 아들은 힘들게 살아왔다. 잠깐씩은 좋아졌지만 2003년 자격시험 준비로 무심해진 나의 손길과 새집 증후군으로 인해 최악의 상태까지 갔다. 얼굴에서부터 흘러내리는 진물과 온몸을 괴롭히는 간지러움에 옷은 상처에 달라붙고 몸에는 냄새도 났다. 하지만 나는 점심 도시락을 싸 주거나 치료받을 곳으로 데려다주는 것 외에는 할 수 있는 일이 없었다. 자신과의 싸움을 해야 하는 아들을 더욱 괴롭히는 것은 타인의 시선들. 불쌍하게 바라보는 동정의 눈빛과 옮기라도 할까봐 피하는 듯한 표정들! 그때마다 난 아들을 다그쳤다. "긁지 말고, 악착같이 관리하라"고. 그런 상황에서도 착한 아들은 어긋나지 않았다. 선생님의 따사로운 눈길을 받는 학생이었다. 정말 감사하게도, 아들은 최악의 상황에서 자신이 꾸었던 꿈을 이루었다. 자신의 인생을 즐기는 멋진 청년이 되었다. 가끔은 나의 "긁지 말고!"라는 눈총 잔소리를 받지만. 아들은 뉴질랜드 여행을 가서 홀로 번지점프를 한다고 했다. 나는 뜯어말렸지만 아들은 강행했다. 자신을 한 단계 성숙시키는 시간이 될 거라고 하면서. 아들의 뒷모습은 대견하지만, 한 번씩은 철렁 가슴이 내려앉는다. 혹여라도 나쁜 맘을 먹으면 어쩌나 하는 노파심도, 나에 대한 원망과 거부의 표현인가 하는 걱정도 든다. 아들 걱정으로 아직 마음을 놓지 못하는 못난 엄마지만, 그런 엄마에게 늘 다정한 아들을 많이 사랑한다.

- 뉴질랜드

수학여행

가을 단풍이 한창일 무렵, 경주로 여행을 떠났다. 내 키를 몇 배나 훌쩍 넘을 것 같았던 첨성대와 왕릉, 천마총 등을 다시 보며 세월의 무상함을 느꼈다. 어릴 적 엄청난 높이와 크기에 압도당했었는데, 지금은 작고 초라해 보이는 것은 내가 살아온 인생 굽이 굽이가 그만큼 컸다는 것이겠지. 거리는 고향에서 가깝지만 몇 번 가보지는 못했었다.

초등학생 시절, 수학여행을 경주로 갔다. 한 반에서 10명 남짓 되는 아이들은 돈 낼 형편이 못되어 갈 수가 없었다. 나는 그나마 수학여행을 갈 수 있음에 감사했다. 몇 알의 삶은 달걀과 사이다 그리고 얼마 되지 않는 용돈에 신났다. 그러나 신나고 즐거워야 했을 여행은 저 멀리 사라졌고, 힘든 추억만이 남았다. 비좁고 낡은 여인숙에서 몇 백 명이 넘는 학생들이 묵어야 했고, 금방이라도 부서질 것 같은 나무 도시락에 담긴 것은 쉰내 나는 밥과 노란 단무지가 전부였다. 기념사진에 찍힌 나의 얼굴은 파리하고 창백했다. 차멀미도 무척 심했다. 그 시절의 수학여행은 대개 그러했다지만 그때 나는 정말 힘들었다. 어른이 된 후, 뉴스에서 교사들의 리베이트가 있었다는 것을 들었다. 참 기분이 더러웠다.

어린아이들의 꿈과 추억이 어른들의 욕심과 상술에 짓밟혔다는 것에 분개했다. 지금 경주 상림 숲의 울긋불긋한 단풍은 너무 고와서 미운 마음마저 든다.

- 경주

두 여인

어릴 적, 동네 어른들이 수군거렸다.
동네 청상과부가 친정 간다며 나선 길에
소복 차림으로 남매지 못에 빠져 죽었대.
난 무서웠다.
하늘하늘 복사꽃처럼 어여뻤을 그녀가,
그녀와 같이 물에 빠져 죽었을 본 적 없는 아기가 불쌍했다.

피비케이츠의 얼굴과 T.S 엘리어트의 '잔인한 4월' 의 시를
책받침으로 코팅하고, 도서관으로 강의실로 열심히 다녔다.
역사 선생님이 될 거라며 신나게!
그러나 도서관 책상에 둔 책받침은 사라졌고
난 현실에 조금씩 한계를 느껴갔다.

30년이 지난 여름,
아기가 되어버린 울 엄마와 무섭고 싫었던 남의 엄마가
그 도서관을 뒤로하고 남매지 못 둑에서 웃고 있다.
'내가 누군지 알겠능교.?' '사돈 아인교!'

- 경산 남매지

보리개떡

봄방학 앞둔 이월,
바람이 세찬 어느 날, 보리밭으로 보리밟기를 나갔다.
가을에 뿌린 보리가 튼튼하게 뿌리를 내리라고.

오리 길을 걸어 학교를 다녔다.
우리는 사월에 보리깜부기 따먹으러 남의 보리밭을 헤집고 다녔다.
입가에 검정 그을음이 묻은 줄도 모르고 신나게 웃었다.
하하하. 깔깔깔. 친구들아! 건강하게 잘 지내는지 안부를 묻는다.
우리들의 간식이 검정 곰팡이였음을 아는지?
너희들은 거친 바람에도 휩쓸리지 않는 고목처럼 잘 살고 있겠지?
쌀로 만들어 부드러운 쑥 개떡보다 귀해진 보리개떡이 먹고 싶다.
거무튀튀한 보리개떡 한 소쿠리 담아 깡총이며
옆집으로 배달 가는 어린 숙이가 눈에 선하다.

- 고창

꽃놀이 가자

벚꽃이 만발했다는 소식에 너도나도 꽃구경 나간다.
흘러 넘치는 아름다움은 시듦의 시작임을 알려나.
봄비 머금은 꽃잎은 새색시 빨간 두 뺨처럼 발그레하다.
셔터를 누르는 나도 꽃인양 예쁜 척을 해본다.

- 서산 문수사

362

떠나다

떠남은 같으나 돌아옴이 다른 여행과 방황!
떠나는 길, 돌아오는 길,
함께 마주할 수 없는 시간을 달리는 길 위에서,
방황을 지켜보아 온 수많은 시간과 고통.
그 끝에서 작은 평화를 맛본다.
끝났다는 안도감과 함께.

- 강원도 태백

비 내리는 날

흠뻑 쏟아질 듯 주룩주룩 비 내리는 폐사지에 개망초가 흐드러지게 피었다. 흐느적거리며 춤추는 개망초를 뒤로하고 저 멀리 뚝뚝 피눈물 흘리는 능소화가 있다. 어릴 적에는 능소화 근처에도 갈 수 없었다. 도망치듯 멀리 돌아서 갔다. 독성이 있는 꽃가루가 눈에 닿으면 눈이 멀어 봉사가 된다고 했었다. 능소화는 양반을 상징하는 꽃이었고, 서민의 집에는 심을 수도 없었다.

날씨 탓인지 기분 탓인지, 능소화는 무척이나 야릇하게 나를 탐하는 듯하다. 쇠락의 고통을 지켜보아 온 폐사지 주춧돌! 옛날의 영화는 간 곳 없다. 담장 너머 세상이 궁금한 듯 방긋 고개를 치켜세우고 두리번거리는 모양에 '훅' 하고 눈물이 날 뻔했다. 산천은 의구한데 인걸은 간 데 없네.

- 보령 성주사지

365

오늘도
무사히

어스름한 늦은 오후.
노을이 내려앉은 수면 위 붉은 빛은
말로 이루 다 표현할 수 없는 감동 그 자체였다.
오늘 하루도 무사히 잘 보냈다는 감사의 마음이 든다.
한 해를 마무리하면서 해의 몰락을 바라본다.
잔잔한 바다 빛에 어린, 스쳐 지나가는 얼굴들.
평안히, 별 탈 없이, 행복하길 빌어본다.

- 안면도

겨울나기

처마 끝에 씨앗 주머니가 주렁주렁 매달려 있고, 옥수수 기차가 줄 서 매달려 있다. 오이, 고추, 호박, 상추, 파 등등, 부지런한 엄마는 겨울이 오기 전에 햇볕에 잘 말린 씨앗들을 봉지마다 한 줌씩 담아두었다. 봄비가 촉촉이 땅을 적시는 새봄이면 우산도 없이 씨앗들을 땅에 고이 묻어둔다. 씨앗은 얼마 되지 않아 식구들의 밥상에 오를 푸성귀가 되었다.

오일장이 열리는 날이면 병어, 동태, 양미리 등 생선을 사오셨다. 처마에 매달린 채 얼고 녹기를 반복하며 꾸득하게 마르던 생선은 엄마의 마술 같은 손길을 거쳐 다시 태어난다. 여섯 식구가 두레상에 둘러앉아 저마다 하루의 얘기를 한다. 누구네가 송아지를 낳았네, 누가 장가를 가네, 누가 학교에서 비 맞고 걸어왔네 등등. 항아리 장독에서 잘 익은 김장 무를 꺼내어 젓가락 하나씩 푹 꽂아 '내꺼' 라 찜하면서 도란도란 얘기꽃을 피운다.

아픈 엄마와는 식사마저 어렵다. 이제는 내가 그럴듯하게 한 상 차려 대접하고 싶은데 그럴 수 없는 현실에 속상하다. 처마 끝 고드름에 매달린 송알송알 울 엄마 반찬 보따리! 그립다. -

- 고성 왕곡마을

새처럼 날아

바닷길 따라 닫혀 있는 마음.
철책선을 자유로이 넘나드는 새들처럼 날고 싶다.
선한 빛의 햇무리가 내 맘을 쩡하니 울린다.
저 너머서 날 따스히 비추어 주는데
울적한 내 맘은 어디로 띄워 보낼까?

- 김포 평화누리공원

외진곳까지
찾아주셔서 감사합니다.

두모악

태풍으로 전국이 들썩이던 날. 김영갑 작가의 흔적을 찾아 두모악으로 갔다. 작가는 밥을 굶으면서, 한겨울 냉골의 습한 방에서 기거하면서 필름과 인화지를 사 모았다고 했다. 오직 한 가지 이유, '사진이 좋아서' 였다. 제주의 바람이, 빛이, 오름이 그를 붙잡았고, 결국에는 젊은 나이에 불치병으로 세상을 떠났다. 그는 시한부 인생을 살면서 손수 폐교를 갤러리로 꾸몄고, 그곳에서 잠들었다. 사진을 오래 찍지는 않았지만, 그의 책을 읽고 나자 마음에 큰 울림이 있었다. '사진이 좋아서, 제주가 좋아서' 사랑도 가족도 건강까지도 버린 그의 미친 예술 정신이 부럽기도 하였다.

한편으로 건강과 일상을 챙기지 못한 것에 화가 났다. 그는 이미 두모악 마당에 잠들어 있지만, 살아서 만났으면 얼마나 기뻤을까 하는 욕심이 있었다. 한번 빠지면 열심인 나의 성격을 알기에, '천천히 그리고 오래가자!' 는 새로운 구호를 다짐한다. 덧붙여서 '적당히' 는 내가 좋아하는 단어이다. 지나치지 않는 중용의 도를 지키자는 의미가 있다. 지나칠 만큼 사진을 사랑하지는 말자고 다짐하지만, 나는 사진 찍을 때가 참 좋다.

- 제주 두모악 갤러리

흔적

하늘에 구멍이 뚫린 듯,
폭설이 내리는 눈발 사이로 길을 나섰다.
굵은 눈발이 흩날려 앞을 볼 수 없었지만 난 멈출 수 없었다.
그냥 찍고 싶었다. 하얀 눈을, 하얀 세상을.
내 마음도 하얀 눈을 따라 정갈해지고 경건해진다.
가을빛을 잃고서 숨죽여 있는 들국화가 도도하다.

- 수원 광교산

감동이 오기 전에 셔터를 누르지 마라!